글벗시선 220 2024글벗시화전 작품집

2024연천재인폭포시화전 작품집
2024연천국화축제꽃시화전 작품집
2024글벗시화전 작품집

한탄강의 침묵

신광순 외

도서출판 글벗

Yes, 연천!

아름다운 가을에 여러분을 초대합니다

2024 연천 재인폭포 시화전

경기도 연천 재인폭포와 (재)종자와 시인박물관에서 펼쳐지는
2024 연천 재인폭포 시화전에 여러분을 초대합니다.
가을꽃 향기가 물씬 피어나는 연천의 재인폭포와 종자와 시인박물관에
대한민국의 시인 200명의 시화 작품을 만나보십시오.
아름다운 꽃과 시가 여러분의 행복을 응원합니다.

1. 전시기간
· 종자와시인박물관 2024.9.1.(일)~10.31.(목)
· 재인폭포 2024.10.01.(화)~10.31.(목)

2. 장소
· 종자와시인박물관
  (경기도 연천군 연천읍 현문로 433-27)
· 재인폭포
  (경기도 연천군 연천읍 부곡리 489)

3. 내용
· 재인폭포와 연천, 가을꽃과 관련한 내용의 시화

4. 참가작품
· 200명의 시인 시화와 엽서
* 재인폭포 : 100편, * 종자와 시인박물관 : 100편

5. 행사 문의
2024 연천 재인폭포 시화전 담당자 :
☎ 010-2442-1466

종자와시인박물관
SEED&POET MUSEUM
연천군
YEONCHEON

여러분을 초대합니다

2024 연천국화축제
꽃 시화전

경기도 연천 구석기유적지와 종자와시인박물관에서 펼쳐지는 2024연천국화전시회
꽃시화전에 여러분을 초대합니다.
오색 국화꽃 천만 송이와 함께 대한민국의 시인 100명의 시화 작품을 만나보십시오.
아름다운 꽃과 시가 함께 만나는 가을의 행복을 응원합니다.

1. 전시기간
· 종자와시인박물관 2024.10.14.(월)~10.31.(목)
· 전곡리 선사유적지 2024.10.18.(금)~10.27.(일)

2. 장소
· 종자와시인박물관
　(경기도 연천군 연천읍 현문로 433-27)
· 연천 전곡리 선사유적지
　(경기도 연천군 전곡읍 양연로 1510)

3. 참가작품
· 100명의 시인 걸개 시화와 엽서
· 전곡리 유적지 : 50편
· 종자와시인박물관 : 50편

4. 행사문의
2024연천국화전시회 꽃시화전 담당자 :
☎ 010-2442-1466

종자와시인박물관 　SEED&POET MUSEUM
연천군 YEONCHEON

내마음 사로잡은
햇살을 두른 맵시
마음은 푸근하게
사랑을
담은 글빛
그대의
눈부신 하늘
글꽃피는
그 행복

글꽃피우다(2). 최봉희
신나봇샘 캘리

글꽃 피우다(2)

– 시조 글벗 최 봉 희, 손글씨 소녀 붓샘 윤현숙

내 마음 사로잡은
햇살을 두른 맵시

마음은 포근하게
사랑을 담은 글빛

그대의
눈부신 하늘
글꽃 피는 그 행복

차 례

제1부

2024
연천재인폭포시화전
시화 작품

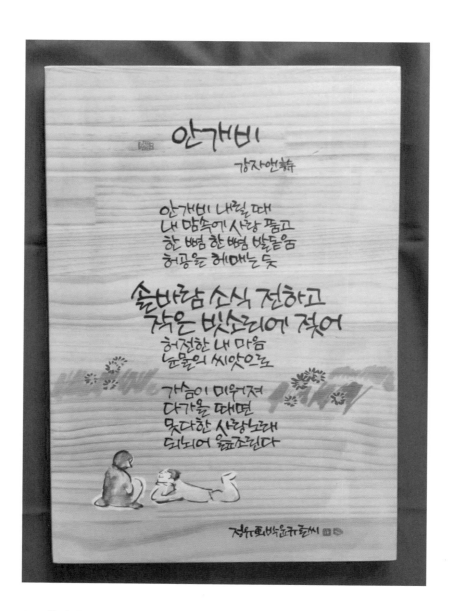

안개비

시 강 자 앤, 손글씨 박 윤 규

안개비 내릴 때
내 맘속에 사랑 품고
한 뼘 한 뼘 발돋움
허공을 헤매는 듯

솔바람 소식 전하고
작은 빗소리에 젖어
허전한 내 마음
눈물의 씨앗으로

가슴이 미워져
다가올 때면
못다 한 사랑 노래
되뇌어 읊조린다

억새

고기석

가을하늘을 배경으로 억새를
어떻게 조화롭게 카메라에 담을 수 있을까

흔들리는 억새에
초점을 맞춘다는 것은
지난날 아내와 대화의 초점을 맞추지 못해
힘들었던 일 만큼이나 어려웠다

살면서 초점을 맞추지 못해
흔들리며 살았던 일들이
얼마나 많이 있었던가

카메라속에는 억새 만큼 흔들렸던
지난 일들이 무수히 찍혀 있었다

억새

고 기 석

가을하늘을 배경으로 억새를
어떻게 조화롭게 카메라에 담을 수 있을까

흔들리는 억새에
초점을 맞춘다는 것은
지난날 아내와 대화의 초점을 맞추지 못해
힘들었던 일만큼이나 어려웠다

살면서 초점을 맞추지 못해
흔들리며 살았던 일들이
얼마나 많이 있었던가

카메라 속에는 억새만큼 흔들렸던
지난 일들이 무수히 찍혀 있었다

고문리를 회상하며

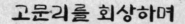

계향 곽정순

옆집에 살던 사납쟁이 경미야
물지게 긴 사슬 세 번 넘겨
짧아진 길이를 몸에 맞추면
한탄강 벼랑길 오가며 힘이 들었지
물통의 물은 반도 안돼
키보다 큰 항아리
채워놓은 어린 효녀되었어

빵집 영숙아 너희 오빠가
기타 치며 들려주던 유행가는
이용복 가수만큼 유명한 마을 음악회
어른들은 실향의 시름을 흘려보냈고
황톳길에 뛰놀던 아이들도
모두 마당에 둘러앉자
고단한 하루 흥겹던 그 시절의 기억
사십 년 그 길을 따라왔구나

고문리를 회상하며

계 향 곽 정 순

옆집에 살던 사납쟁이 경미야
물지게 긴 사슬 세 번 넘겨
짧아진 길이를 몸에 맞추면
한탄강 벼랑길 오가며 힘이 들었지
물통의 물은 반도 안 돼
키보다 큰 항아리
채워놓은 어린 효녀되었어

빵집 영숙아 너희 오빠가
기타 치며 들려주던 유행가는
이용복 가수만큼 유명한 마을 음악회
어른들은 실향의 시름을 흘려보냈고
황톳길에 뛰놀던 아이들도
모두 마당에 둘러앉자
고단한 하루 흥겹던 그 시절의 기억
사십 년 그 길을 따라왔구나

평화를 위해

권혜정

전쟁을 멈추자
분쟁을 없애고
욕망을 버리자

시기심 멈추자
질투심 없애고
이기심 버리자

인내심 가지고
존중의 맘으로
참을성 키우자

이웃을 자신처럼
사랑의 마음으로
강 같은 평화의 삶
영원히 누려보자

평화를 위해

권 혜 정

전쟁을 멈추자
분쟁을 없애고
욕망을 버리자

시기심 멈추자
질투심 없애고
이기심 버리자

인내심 가지고
존중의 맘으로
참을성 키우자

이웃을 자신처럼
사랑의 마음으로
강 같은 평화의 삶
영원히 누려보자

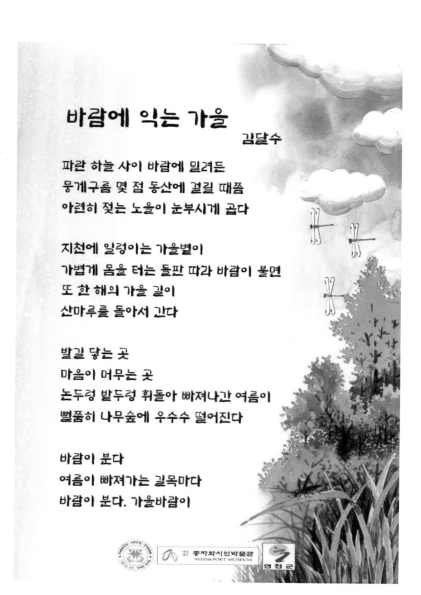

바람에 익는 가을

김달수

파란 하늘 사이 바람에 밀려든
뭉게구름 몇 점 동산에 걸릴 때쯤
아련히 젖는 노을이 눈부시게 곱다

지천에 일렁이는 가을볕이
가볍게 몸을 터는 돌판 따라 바람이 불면
또 한 해의 가을 길이
산마루를 돌아서 간다

발길 닿는 곳
마음이 머무는 곳
논두렁 밭두렁 휘돌아 빠져나간 여름이
뻘쭘히 나무숲에 우수수 떨어진다

바람이 분다
여름이 빠져가는 길목마다
바람이 분다. 가을바람이

바람에 익는 가을

김 달 수

파란 하늘 사이 바람에 밀려든
뭉게구름 몇 점 동산에 걸릴 때쯤
아련히 젖는 노을이 눈부시게 곱다

지천에 일렁이는 가을볕이
가볍게 몸을 터는 들판 따라 바람이 불면
또 한 해의 가을길이 산마루를 돌아서 간다

발길 닿는 곳
마음이 머무는 곳
논두렁 밭두렁 휘돌아 빠져나간 여름이
뻘쭘히 나무숲에 우수수 떨어진다

바람이 분다
여름이 빠져가는 길목마다
바람이 분다 가을 바람이

빗방울 기차여행

김석이

소나무 잎사귀에 매달린 빗방울
기차 놀이 오종종종 찾아가는 곳섬마다
메마른 나무 입술을 촉촉하게 적셔요

힘이 없던 나무들이 반짝하고 눈을 떠요
고맙다고 손 흔드는 그 마음에 신이 나서
빗방울 기적 소리로 토독토독 달려가요

빗방울 기차여행

김 석 이

소나무 잎사귀에 매달린 빗방울
기차놀이 오종종 찾아가는 구석마다
메마른 나무 입술을 촉촉하게 적셔요

힘이 없던 나무들이 반짝하고 눈을 떠요
고맙다고 손 흔드는 그 마음에 신이 나서
빗방울 기적 소리로 토독토독 달려가요

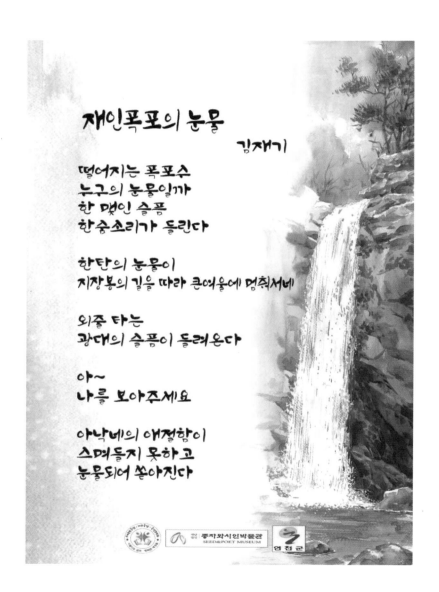

재인폭포의 눈물

김재기

떨어지는 폭포수
누구의 눈물일까
한 맺인 슬픔
한숨소리가 들린다

한탄의 눈물이
지장봉의 길을 따라 큰여울에 멈춰서네

외줄 타는
광대의 슬픔이 들려온다

아~
나를 보아주세요

아낙네의 애절함이
스며들지 못하고
눈물되어 쏟아진다

종자와시인박물관
SEED&POET MUSEUM
연천군

재인폭포의 눈물

김 재 기

떨어지는 폭포수
누구의 눈물일까
한 맺힌 슬픔
한숨 소리가 들린다

한탄의 눈물이
지장봉의 길을 따라 큰 여울에 멈춰서네

외줄 타는
광대의 슬픔이 들려온다

아~
나를 보아주세요

아낙네의 애절함이
스며들지 못하고
눈물 되어 쏟아진다

빗소리

김지희

똑똑 똑
자꾸만 문을 두드리는 소리
누굴까
뛰어나가본다
반가운 그 임이 오셨다

어젯밤 심어놓은
국화가 목마르다고
한참 성화였는데
새벽부터 그 임이
달려오셨다

빗소리

野乙 김 지 희

똑똑 똑
자꾸만 문을 두드리는 소리
누굴까
뛰어나가 본다
반가운 그 임이 오셨다

어젯밤 심어놓은
국화가 목마르다고
한참 성화였는데
새벽부터 그 임이
달려오셨다

내 고향 여수

서교 김현철

하늘과 맞닿은
여수의 숨구멍
수평선 끝까지
눈부신 햇살 퍼져
나가는 여수
내 고향 여수

신비롭고 아름다운
해안선을 따라
신비롭고 아름답던
어릴 적 꿈과 추억이
다가와 찰랑찰랑
속삭이는 곳

손 내밀면
기다렸다는 듯이
반겨주는 날들이여
나의 고향 여수
그리워라

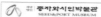

내 고향 여수

서교 김 현 철

하늘과 맞닿은
여수의 숨구멍
수평선 끝까지
눈부신 햇살 퍼져
나가는 여수
내 고향 여수

신비롭고 아름다운
해안선을 따라
신비롭고 아름답던
어릴 적 꿈과 추억이
다가와 찰랑찰랑
속삭이는 곳

손 내밀면
기다렸다는 듯이
반겨주는 날들이여
나의 고향 여수
그리워라

정박

글, 사진 나일환

휴식은
우리에게
안정과 긍정을
안겨온다

정박

글, 사진 나일환

휴식은
우리에게
안정과 긍정을
안겨온다

목울대를 노래하다

박성민

파도가 방파제에 물금을 만든 저녁
못 견딜 슬픔들은 목울대에 걸려 있다
파르르 떨리는 목젖
퉁퉁 부은 한탄강

우리가 목청껏 외치고 싶은 말은
벅찬 숨과 울음이 뒤섞인 휴전선
이렇게 주저앉아서
어깨만 들썩이는가

북으로 흘러가는 역류천 그 어디쯤
꽃망울 밀어올리는 바람꽃의 숨소리
망향의 실타래 풀어
강물은 또 흐르고

깊은 눈의 노인이 마시는 막걸리
울컥, 하고 목젖에 걸려 오랫동안 흐느낀다
뱉지도 삼키지도 못한
울음이 또 잠긴다

제4회 한탄강문학상 은상 수상 작품

목울대를 노래하다

박 성 민

파도가 방파제에 물금을 만든 저녁
못 견딜 슬픔들은 목울대에 걸려 있다
파르르 떨리는 목젖
퉁퉁 부은 한탄강

북으로 흘러가는 역류천 그 어디쯤
꽃망울 밀어올리는 바람꽃의 한숨소리
망향의 실타래 풀어
강물은 또 흐르고

깊은 눈의 노인이 마시는 막걸리
울컥, 하고 목젖에 걸려 오랫동안 흐느낀다
뱉지도 삼키지도 못한
속울음이 잠긴다

– 제4회 한탄강문학상 은상 수상 작품

재인, 재인이어라

박하경

춤을 춘다. 해를 품고 달을 품고
산천초목을 닮은 품새로 너울너울 춤을 춘다.
보아라. 너희는 올려다보아라. 자유를, 이 평화를.
재인이 춤을 추면 하늘의 창이 열렸고 땅이 고개를 들었지.
폭포를 절경으로 줄 위에서 그가 춤을 추면 폭포는 소리높여 흘렀고
선녀탕을 찾던 선녀들은 재인의 춤사위를 보려고 목욕을 서둘렀지.
재인의 춤사위에 비명이 가득한 심장들이 대열을 이루어
춤을 어루는 광경을 상상해봐,
춤추는 이 곁에 춤처럼, 춤보다 아름다운 그녀가 있어
재인의 춤은 신명이 하늘로 오르곤 했어. 그 한날도 그랬지.
그런데 좋은 일엔 꼭 마가 껴. 아름다움은 번뜩이는 탐을 부르지.
탐을 위한 탐의 모의가 작당 되고
재인의 탈 줄이 탐의 모의에 합의하던 날,
재인이 지상의 춤을 멈추었지.
춤을 멈춘 그는 자유를 잃은 계곡을 차마 떠나지 못하고 기다렸지.
지독한 위정자의 못생긴 코가, 춤추던 재인의 꽃송이가
피워낸 가시에 찔려 떨어지기를.
마침내 땅의 이름을 코문리로 바꾸어 놓은 꽃송이가,
재인이 추었던 춤을 흠모의 꽃으로 피워냈던 꽃송이가
재인을 보며 손을 내밀었다네.
재인이 웃었다네. 고이 가꾸고 품은 꽃송이를 거두어 함께 춤을 추며
떠났다네. 그 계곡에 폭포에 재인이란 이름을 붙여주고.
하늘로 휠휠 바람으로 날아올랐다네.
오늘은 한낮인데도 달이 가득 차올라
내 영혼의 찻잔 속에서 거대한 그리움으로 빚은 폭풍을 일으키네.
그대들 재인, 재인이어라.

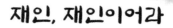

재인, 재인이어라

박 하 경

춤을 춘다. 해를 품고 달을 품고
산천초목을 닮은 품새로 너울너울 춤을 춘다.
보아라. 너희는 올려다보아라. 자유를, 이 평화를.
재인이 춤을 추면 하늘의 창이 열렸고 땅이 고개를 들었지.
폭포를 절경으로 줄 위에서 그가 춤을 추면 폭포는 소리높여 흘렀고
선녀탕을 찾던 선녀들은 재인의 춤사위를 보려고 목욕을 서둘렀지.
재인의 춤사위에 비명이 가득한 심장들이 대열을 이루어
춤을 어루는 광경을 상상해봐,
춤추는 이 곁에 춤처럼, 춤보다 아름다운 그녀가 있어.
재인의 춤은 신명이 하늘로 오르곤 했어. 그 한날도 그랬지.
그런데 좋은 일엔 꼭 마가 껴, 아름다움은 번뜩이는 탐을 부르지.
탐을 위한 탐의 모의가 작당 되고
재인의 탈 줄이 탐의 모의에 합의하던 날,
재인이 지상의 춤을 멈추었지.
춤을 멈춘 그는 자유를 잃은 계곡을 차마 떠나지 못하고 기다렸지
지독한 위정자의 못생긴 코가, 춤추던 재인의 꽃송이가
피워낸 가시에 찔려 떨어지기를.
마침내 땅의 이름을 코문리로 바꾸어 놓은 꽃송이가,
재인이 추었던 춤을 흠모의 꽃으로 피워냈던 꽃송이가
재인을 보며 손을 내밀었다네. 재인이 웃었다네.
고이 가꾸고 품은 꽃송이를 거두어 함께 춤을 추며
떠났다네. 그 계곡에 폭포에 재인이란 이름을 붙여주고.
하늘로 훨훨 바람으로 날아올랐다네.
오늘은 한낮인데도 달이 가득 차올라
내 영혼의 찻잔 속에서 거대한 그리움으로 빚은 폭풍을 일으키네
그대들 재인, 재인이어라.

백수인의 삶

백 용 태

백수도 아닌 것이
시인도 아닌 것이
텃밭에 매달려서
자연인 흉내 내며
백수가
일기 쓰듯이
시시껄렁 산다오

비 오는 공휴일은
자연인 그러하듯
백수도 되어 보고
시인도 되어 보고
빗방울
옥구슬인 양
끄적대며 살지요

종자와시인박물관
SEED&POET MUSEUM

연천군

백수인의 삶

백 용 태

백수도 아닌 것이
시인도 아닌 것이
텃밭에 매달려서
자연인 흉내내며
백수가
일기 쓰듯이
시시껄렁 산다오

비 오는 공휴일은
자연인 그러하듯
백수도 되어 보고
시인도 되어 보고
빗방울
옥구슬인 양
끄적대며 살지요

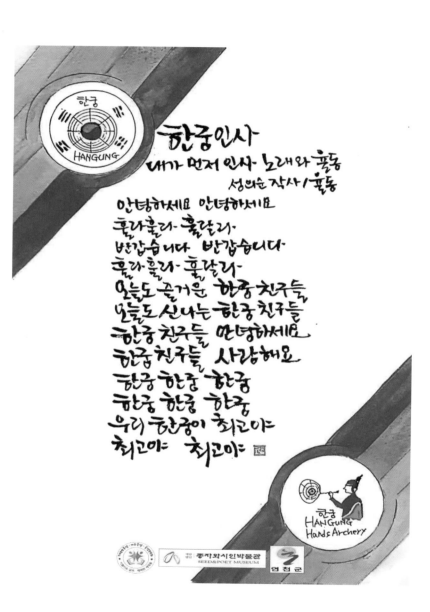

한궁인사

내가 먼저 인사 노래와 율동
성의순 작사 / 율동

안녕하세요 안녕하세요
훌라훌라 훌랄라
반갑습니다 반갑습니다
훌라훌라 훌랄라
오늘도 즐거운 한궁 친구들
오늘도 신나는 한궁 친구들
한궁 친구들 안녕하세요
한궁 친구들 사랑해요
한궁 한궁 한궁
한궁 한궁 한궁
우리 한궁이 최고야
최고야 최고야

한궁 인사
 - 내가 먼저 인사 노래와 율동

성 의 순

안녕하세요. 안녕하세요
훌라훌라 훌랄라
반갑습니다. 반갑습니다
훌라훌라 훌랄라
오늘도 즐거운 한궁친구들
오늘도 신나는 한궁친구들
한궁친구들 안녕하세요
한궁친구들 사랑해요.
한궁 한궁 한궁
한궁 한궁 한궁
우리 한궁이 최고야
최고야 최고야

한탄강의 침묵

신광순

무엇을 남기고 떠나왔기에
저리도 빈 모습을 하고
돌아와 앉아서 떠날 줄 모르나.

굽이져 흐르는 강물은
떠밀려 내려온 젊음을
잠시 멈추게 하고
저리도 숨죽이는 침묵을 만드는가.

밀려오는 물줄기에 비켜서지 못하고
끝없이 표류하다
잠시 뒤돌아본 물살

둥글둥글해진 자갈 틈에
아직도 각을 이룬 돌멩이 하나
시린 강바람만
야속한 물소리를 달랜다

종자와시인박물관
SEED&POET MUSEUM

연천군

한탄강의 침묵

신 광 순

무엇을 남기고 떠나왔기에
저리도 빈 모습을 하고
돌아와 앉아서 떠날 줄 모르나

굽이져 흐르는 강물은
떠밀려 내려온 젊음을
잠시 멈추게 하고
저리도 숨죽이는 침묵을 만드는가

밀려오는 물줄기에 비켜서지 못하고
끝없이 표류하다
잠시 뒤돌아본 물살

둥글둥글해진 자갈 틈에
아직도 각을 이룬 돌멩이 하나
시린 강바람만
야속한 물소리를 달랜다

여보게!

복은 굴러 오는 것이 아니고

구르는 사람한테 붙는 것이라네

여보게!

복은 굴러오는 것이 아니고

구르는 사람한테 붙는 것이라네

- 신광순(시인, 종자와시인박물관 관장)

여보게!

매일 만나는 사람의 가슴에

자네의 따뜻한 마음을 심어야

봄이 온다네

여보게!

매일 만나는 사람의 가슴에

자네의 따뜻한 마음을 심어야

봄이 온다네

　- 신광순(시인, 종자와시인박물관 관장)

여보게!

부지런한 농사꾼에겐

나쁜 땅이란 없다네

여보게!

부지런한 농사꾼에겐

나쁜 땅이란 없다네

– 신광순(시인, 종자와시인박물관 관장)

여보게

농사는 잡초와의 싸움이고

인생은 잡념과의 싸움이라네

여보게

농사는 잡초와의 싸움이고

인생은 잡념과의 싸움이라네

– 신광순(시인, 종자와시인박물관 관장)

황화코스모스

산여울 신순희

너는 뭐니?
멕시코가 고향인데요
이름을 물어봤지

노랑 주황 주홍
홍꽃 겹꽃 야성미
다 갖춘 네가 궁금해

가을꽃으로 대세라면서?
자주 오세요
우아하고 평안한 행복 드릴게요

그래서 가을이 기다려지지

황화코스모스

산여울 신 순 희

너는 뭐니?
멕시코가 고향인데요
이름을 물어봤지

노랑 주황 주홍
홑꽃 겹꽃 야성미
다 갖춘 네가 궁금해

가을꽃으로 대세라면서?
자주 오세요
우아하고 평안한 행복 드릴게요

그래서 가을이 기다려지지

가을, 임진강에서

신위식

밀려온다
그리움
달빛에 부서져 하얗게 부서져
모래를 스치는 잔물결 같은
강물은 밤새 미지의 울음을 울고
온몸 사르며 스러지는 반달
서녘 하늘 타는 꽃구름 단풍처럼 붉다
그렇구나!
그냥 서 있을 수밖에...

가을, 임진강에서

신 위 식

밀려온다
그리움
달빛에 부서져 하얗게 부서져
모래를 스치는 잔물결 같은
강물은 밤새 미지의 울음을 울고
온몸 사르며 스러지는 반달
서녘 하늘 타는 꽃구름 단풍처럼 붉다
그렇구나!
그냥 서 있을 수밖에…

재인 물빛

심 재 황

가을이 오며는
재인 너른 들에

찬바람 불어오고
기러기 날아오고

물줄기 차가우면
물빛도 변하는데

연한 갈색으로
짙은 갈색으로

물소리 들려도
외롭게 들리고

재인 물빛

심 재 황

가을이 오면은
재인 너른 들에

찬바람 불어오고
기러기 날아오고

물줄기 차가우면
물빛도 변하는데

연한 갈색으로
짙은 갈색으로

물소리 들려도
외롭게 들리고

너를 만나러 가고 싶다

원유권

삶에 지친 날이면
너를 만나러 가고 싶다
갈바람 불어오는 날이면
한탄강 풀숲에 정령들이 일어선다

궁예의 야심이
안타까운 이야기로 말을 달리고
감추고 싶은 사연들은
빠른 유속으로 길을 막아선다

철원평야는 서사로
전설을 말하고 있다
켜켜이 주상절리 절경 속을
가슴에 간직한 언어를
침묵으로 아우성치며 말한다

순담계곡 폭포는 입을 열고
고석정도 장단을 맞추며 반갑게 맞이한다
직탕폭포의 현무암 돌다리는
심장을 쉬게 하니 발걸음도 사뿐하다

끝없이 이어진 장엄한 절벽에
새처럼 날지 못함이 그저 한탄스럽다

내가 지칠 때면
너를 만나러 가고 싶다

종자와시인박물관
SEED&POET MUSEUM
연천군

너를 만나러 가고 싶다

원 유 권

삶에 지친 날이면
너를 만나러 가고 싶다
갈바람 불어오는 날이면
한탄강 풀숲에 정령들이 일어선다

궁예의 야심이
안타까운 이야기로 말을 달리고
감추고 싶은 사연들은
빠른 유속으로 길을 막아선다

철원평야는 서사로
전설을 말하고 있다
켜켜이 주상절리 절경 속을
가슴에 간직한 언어를
침묵으로 아우성치며 말한다

순담계곡 폭포는 입을 열고
고석정도 장단을 맞추며 반갑게 맞이한다
직탕폭포의 현무암 돌다리는
심장을 쉬게 하니 발걸음도 사뿐하다

끝없이 이어진 장엄한 절벽에
새처럼 날지 못함이 그저 한탄스럽다

내가 지칠 때면
너를 만나러 가고 싶다

낙엽으로 살다

유철남

낙엽은 마음의 여울목까지 찾아 들어
익숙한 동작으로 안무를 하고는
아름다운 끝을 가을에게 전한다

머물렀던 시간의 폭 만큼만
사랑했던 것은 아니리라

머뭇거림은 그저 욕심일 뿐이고
얼마간을 더 함께하였다 하여
그리움이 가시지도 않음이다

아쉬움도 접어두고
그리움도 치워두고
너와 함께 한 하루를 그대로 만족하며
더 큰 바람은 욕심이었음을
알아가는 것

오늘 하루
10월의 하늘처럼 파랗게 살았다면
마음 한 귀퉁이에 맑은 물 한 사발
정한 마음으로 담아두고 떠나리라.

그대 그 버림만큼
내게 그리움으로 남을 것이니

  종자와시인박물관
SEED&POET MUSEUM

낙엽으로 살다

유 철 남

낙엽은 마음의 여울목까지 찾아 들어
익숙한 동작으로 안무를 하고는
아름다운 끝을 가을에게 전한다

머물렀던 시간의 폭 만큼만
사랑했던 것은 아니리라

머뭇거림은 그저 욕심일 뿐이고
얼마간을 더 함께하였다 하여
그리움이 가시지도 않음이다

아쉬움도 접어두고
그리움도 치워두고
너와 함께한 하루를 그대로 만족하며
더 큰 바람은 욕심이었음을
알아가는 것

오늘 하루
10월의 하늘처럼 파랗게 살았다면
마음 한 귀퉁이에 맑은 물 한 사발
정한 마음으로 담아두고 떠나리라.

그대 그 버림만큼
내게 그리움으로 남을 것이니

재인아 어디 쯤에

글꽃 윤소영

푸른빛 청춘들아
희망 꿈 가득 채운
흐르는 시간만큼
부르는 감동 물결
개어울
은하수 따라
스며드는 시간들

옹달샘 청아한 빛
세월의 흐름 안고
새겨진 돌탑처럼
수많은 사연 담아
넘치는
물줄기 피어
묻어놓은 청춘아

종자와시인박물관
SEED&POET MUSEUM

영천군

재인아 어디 쯤에

윤 소 영

푸른빛 청춘들아
희망 꿈 가득 채운
흐르는 시간만큼
부르는 감동 물결
개여울
은하수 따라
스며드는 시간들

옹달샘 청아한 빛
세월의 흐름 안고
새겨진 돌탑처럼
수많은 사연 담아
넘치는
물줄기 피어
묻어놓은 청춘아

연천에 가자/글꽃 윤소영

온 산하 밤꽃 향기
붉은 빛 감미로운
온화한 가슴으로
파고 든 설렌 마음
보고픈
그리운 마음
토실토실 영그네

언제쯤 오시려나
애타게 부르지만
허공 속 그대 얼굴
꽃자리 희망그려
그대여
잘 있는지요
사랑찾아 거니네

종자와시인박물관
SEED&POET MUSEUM
연천군

연천에 가자

글꽃 윤 소 영

온 산하 밤꽃 향기
붉은빛 감미로운
온화한 가슴으로
파고든 설렌 마음
보고픈
그리운 마음
토실토실 영그네

언제쯤 오시려나
애타게 부르지만
허공 속 그대 얼굴
꽃자리 희망 그려
그대여
잘 있는지요
사랑 찾아 거니네

한탄강은 말이 없다

이강홍

연천을 찾아가면
주상절리 길을 걷고 싶다.
언제나 눈에 선한 그리움처럼
사랑을 노래하며
걷던 그 길이

자꾸만 생각처럼 떠오르는
첫사랑의 여인같이
아름답게 안내하던
꼭 가서 만나고 싶은 곳

역사 앞에 한탄강은
세월처럼 흐르면서
하늘이 주신
사연들을 담고서도
나만의 길을 가는구나

한탄강은 말이 없다
남과 북의 분단이 주는 아픔처럼
흐르는 물줄기가
평화의 소리 없이 울먹이며
오늘도 세월 따라 흐르는구나.

  종자와시인박물관 SEED&POET MUSEUM 연천군

한탄강은 말이 없다

이 강 흥

연천을 찾아가면
주상절리길을 걷고 싶다.
언제나 눈에 선한 그리움처럼
사랑을 노래하며
걷던 그 길이

자꾸만 생각처럼 떠오르는
첫사랑의 여인같이
아름답게 안내하던
꼭 가서 만나고 싶은 곳

역사 앞에 한탄강은
세월처럼 흐르면서
하늘이 주신
사연들을 담고서도
나만의 길을 가는구나

한탄강은 말이 없다
남과 북의 분단이 주는 아픔처럼
흐르는 물줄기가
평화의 소리 없이 울먹이며
오늘도 세월 따라 흐르는구나

재인폭포

이대겸

벽계수 흐르는 물길
에메랄드 연못에 하얀 물줄기 쏟아지고

주상절리 암벽
폭포수의 음악을 듣는다

줄을 타던 재인의 죽음에
부인의 절개가 서리어
폭포수는 하얀 포말을 뿜어내고

물줄기는 통일의 꿈을 안고
한탄강 비경을 굽이굽이 흐른다

종자와시인박물관
SEED&POET MUSEUM
연천군

재인폭포

이 대 겸

벽계수 흐르는 물길
에메랄드 연못에 하얀 물줄기 쏟아지고

주상절리 암벽
폭포수의 음악을 듣는다

줄을 타던 재인의 죽음에
부인의 절개가 서리어
폭포수는 하얀 포말을 뿜어내고

물줄기는 통일의 꿈을 안고
한탄강 비경을 굽이굽이 흐른다

철마는 달리고 싶다

이대겸

한탄강 비경을 거슬러 올라
민초의 간절한 염원을 담고
철마는 달리고 싶다

녹슬은 열차도, 반듯한 팻말도
목이 메이도록 부르짖고 있거늘

숱하게 많은 이산가족의
역사의 뼈저린 아픔을 기억하는 선민의
간절한 소망을 뒤로하고
이념의 장벽으로 막힌 철길의 종단점

백마고지역에서, 신탄리역에서,
그리고 임진강역에서
소리 없는 절규가 메아리친다

철마는 달리고 싶다
철마는 그렇게도 간절한 염원을 담고
힘차게 달리고 싶다

철마는 달리고 싶다

이 대 겸

한탄강 비경을 거슬러 올라
민초의 간절한 염원을 담고
철마는 달리고 싶다

녹슬은 열차도, 반듯한 팻말도
목이 메이도록 부르짖고 있거늘

숱하게 많은 이산가족의
역사의 뼈저린 아픔을 기억하는 선민의
간절한 소망을 뒤로하고
이념의 장벽으로 막힌 철길의 종단점

백마고지역에서, 신탄리역에서,
그리고 임진강역에서
소리 없는 절규가 메아리친다

철마는 달리고 싶다
철마는 그렇게도 간절한 염원을 담고
힘차게 달리고 싶다

꽃길따라

이명주

자연을 곱게담은
소소한 삶의 향기

앙가슴 활짝 펴고
말글로 엮은 노래

달뜨다
반짝이는 꿈
꽃길 따라 오려나

꽃길 따라

시조 이 명 주, 포토그라피 채 은 지

자연을 곱게 담은
소소한 삶의 향기

앙가슴 활짝 펴고
말글로 엮은 노래

달 뜨다
반짝이는 꿈
꽃길 따라 오려나

안부

이명주

어느새 다소곳이
갈바람 산들산들
골목길 불밝히는
청사초롱 마중한다
살며시
담아두었던
그대 안부 묻는다

눈부신 햇살 속에
높아진 파란 하늘
화르르 피어오른
국화꽃 꽃망울들
밤하늘
뭇별 속에서
반짝반짝 빛난다

안부

시조 이 명 주, 캘리그라피 채 은 지

어느새 다소곳이
갈바람 산들산들
골목길 불 밝히는
청사초롱 마중한다
살며시
담아두었던
그대 안부 묻는다

눈부신 햇살 속에
높아진 파란 하늘
화르르 피어오른
국화꽃 꽃망울들
밤하늘
뭇별 속에서
반짝반짝 빛난다

협착증

위천 이병찬

장막을 걷을 수 없는 어둠에 갇힌 땅

줄을 높이 걸어도
엿볼 수 없는 곳

그리움의 외사랑

그칠 줄 모르고 쏟아져 내리는 눈물
아우성 소리마저 묻어버린 통곡

사랑을 발아래 둔 아슬아슬한 외줄타기

부채 뒤에 가려진
반쪽의 얼굴

왼쪽은 죽음
오른쪽은 삶
천 길 아래로는 애달픈 사랑

오직 하늘만이 그들의 것

주름진 부채를
창공에 활짝 펴고
운명을 거스르는 오름짓

두 동강 난 허리를 부여안은 채
재인의 몸짓은 오늘도 계속 된다

협착증

위천 이 병 찬

장막을 걷을 수 없는 어둠에 갇힌 땅

줄을 높이 걸어도
엿볼 수 없는 곳

그리움의 외사랑

그칠 줄 모르고 쏟아져 내리는 눈물
아우성 소리마저 묻어버린 통곡

사랑을 발아래 둔 아슬아슬한 외줄타기

부채 뒤에 가려진
반쪽의 얼굴

왼쪽은 죽음
오른쪽은 삶
천 길 아래로는 애달픈 사랑

오직 하늘만이 그들의 것

주름진 부채를
창공에 활짝 펴고
운명을 거스르는 오름짓

두 동강 난 허리를 부여안은 채
재인의 몸짓은 오늘도 계속 된다

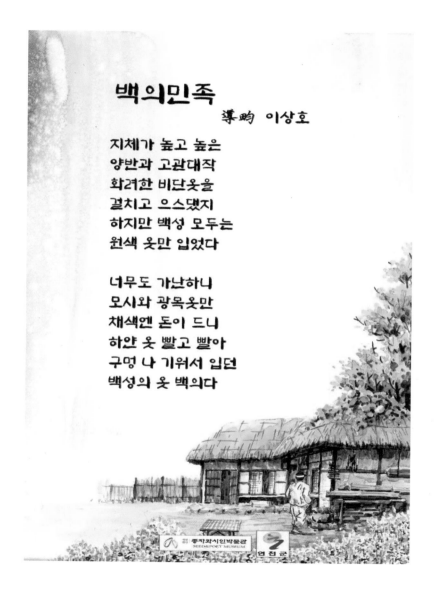

백의민족

導昀 이상호

지체가 높고 높은
양반과 고관대작
화려한 비단옷을
걸치고 으스댔지
하지만 백성 모두는
원색 옷만 입었다

너무도 가난하니
모시와 광목옷만
채색엔 돈이 드니
하얀 옷 빨고 빨아
구멍 나 기워서 입던
백성의 옷 백의다

백의민족

導畇 이 상 호

지체가 높고 높은
양반과 고관대작
화려한 비단옷을
걸치고 으스댔지
하지만 백성 모두는
원색 옷만 입었다

너무도 가난하니
모시와 광목옷만
채색엔 돈이 드니
하얀 옷 빨고 빨아
구멍 나 기워서 입던
백성의 옷 백의다

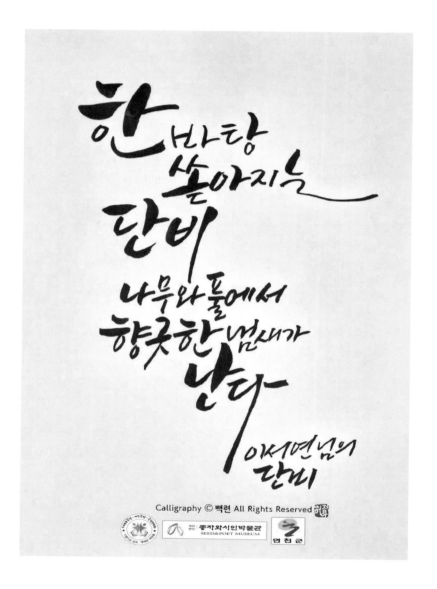

한바탕
쏟아지는
단비
나무와 풀에서
향긋한 냄새가
난다
이서연님의
단비

단비

시 이 서 연, 손글씨 백련 허 정 아

한바탕
쏟아지는
단비

나무와 풀에서
향긋한 냄새가
난다

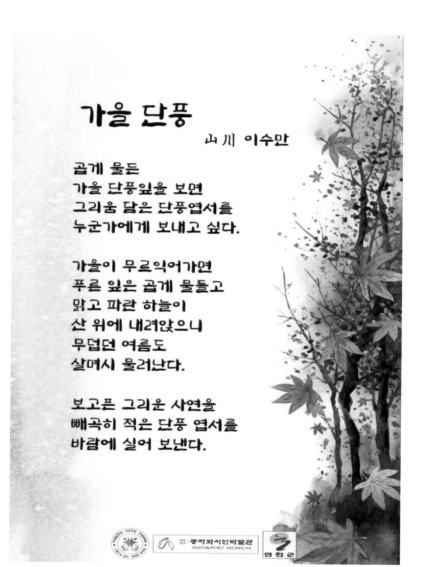

가을 단풍

山川 이수만

곱게 물든
가을 단풍잎을 보면
그리움 담은 단풍엽서를
누군가에게 보내고 싶다.

가을이 무르익어가면
푸른 잎은 곱게 물들고
맑고 파란 하늘이
산 위에 내려앉으니
무덥던 여름도
살며시 물러난다.

보고픈 그리운 사연을
빼곡히 적은 단풍 엽서를
바람에 실어 보낸다.

가을 단풍

山川 이 수 만

곱게 물든
가을 단풍잎을 보면
그리움 담은 단풍 엽서를
누군가에게 보내고 싶다.

가을이 무르익어가면
푸른 잎은 곱게 물들고
맑고 파란 하늘이
산 위에 내려앉으니
무덥던 여름도
살며시 물러난다.

보고픈 그리운 사연을
빼곡히 적은 단풍 엽서를
바람에 실어 보낸다.

재인폭포, 전설 되어 부르는

月影 이순옥

내게 사랑이란 단 한 존재에게
단 하나의 형태로 가 닿으면 족했죠
내게 잠겨 죽어도 좋을, 경배로

참 많은 흔적이 소르르 쌓여
함께 만든 시간 이곳의 낡음이 되었나 봐요
제대로 된 출처 없는 것들
위험 수위를 간당간당 넘나들고
짧지 않은 시간의 공백
마주 짓는 웃음 한 번에 없는 것처럼 매워지는

스치는 새풍, 왠지 누군가의 손길 같아
홀로 얼굴 붉힌 세월
달콤한 꽃향기를 흩뿌리며 봄바람을 타고
당신이 돌아왔어요
깊이 숨겨뒀던 마음 몇 장 낙엽처럼 붉게 물든 날

시간도 공간도 그 무엇도 의미 없는 곳에서
깊고 어둡고 외로운 세계에서
밀려드는 운무를 어이할까요
의미를 부여하기에도 우스운 사소한 손짓에도
속절없이 빠져드는 난

재인폭포, 전설 되어 부르는

月影 이 순 옥

내게 사랑이란 단 한 존재에게
단 하나의 형태로 가 닿으면 족했죠
내게 잠겨 죽어도 좋을, 경배로

참 많은 흔적이 소르르 쌓여
함께 만든 시간 이곳의 낡음이 되었나 봐요
제대로 된 출처 없는 것들
위험 수위를 간당간당 넘나들고
짧지 않은 시간의 공백
마주 짓는 웃음 한 번에 없는 것처럼 매워지는

스치는 새풍, 왠지 누군가의 손길 같아
홀로 얼굴 붉힌 세월
달콤한 꽃향기를 흩뿌리며 봄바람을 타고
당신이 돌아왔어요
깊이 숨겨뒀던 마음 몇 장 낙엽처럼 붉게 물든 날

시간도 공간도 그 무엇도 의미 없는 곳에서
깊고 어둡고 외로운 세계에서
밀려드는 운무를 어이할까요
의미를 부여하기에도 우스운 사소한 손짓에도
속절없이 빠져드는 난

그리움

도담 이양희

어느덧 무더위 물러나고
선선한 바람이 찾아와
마음의 담을 낮추는 계절
한칸 한칸 내리어
내 마음의 그리움을
살며시 들여다 봅니다
늘 마음 한켠에 서성이다
돌아서곤 했던 내 그리움에게
나지막이 말을 건네봅니다
세월이 많이도 흘러
모든것이 변해 갔지만
내 사랑은 그대로 입니다
그냥...
늘 언제나 그대로입니다
... 라고

Yanghae

그리움

시, 손글씨 도담 이 양 희

어느덧 무더위 물러나고
선선한 바람이 찾아와
마음의 담을 낮추는 계절
한 칸 한 칸 내리어
내 마음의 그리움을
살며시 들여다 봅니다
늘 마음 한 켠에 서성이다
돌아시곤 했던 내 그리움에게
나지막이 말을 건네봅니다
세월이 많이도 흘러
모든 것이 변해갔지만
내 사랑은 그대로 입니다
그냥...
늘, 언제나 그대로 입니다.
...라고

늙은 나무와 노인

이연홍

넓적한 바위 위 두 갈래로 떨어지는 폭포
아홉 가지 소리로 찾아온다는 구송폭포,
수직으로 펼쳐진 절벽이 선비처럼 단정하다

늑골이 다 빠진 늙은 나무는
매주 찾아뵙던 노인처럼 반쯤 누워있다
육순을 넘긴 지적장애의 딸과 함께 사는 노인

산소 줄을 달고 사는 노인의 얼굴이
폭포 아래 둥둥 떠다닌다

대웅전 구석진 자리
기와의 등을 타고 빼곡히 올라앉은 소원들

구십이 넘은 노인과
어린 아이 같은 딸을 위한
기도문 하나 올려놓을 즈음
서산에 걸린 목탁 소리 더욱 붉게
타들어간다

씨앗과시인박물관
SEED&POET MUSEUM
연천군

늙은 나무와 노인

이 연 홍

넓적한 바위 위 두 갈래로 떨어지는 폭포
아홉 가지 소리로 찾아온다는 구송폭포,
수직으로 펼쳐진 절벽이 선비처럼 단정하다

늑골이 다 빠진 늙은 나무는
매주 찾아뵙던 노인처럼 반쯤 누워있다
육순을 넘긴 지적장애의 딸과 함께 사는 노인

산소 줄을 달고 사는 노인의 얼굴이
폭포 아래 둥둥 떠다닌다

대웅전 구석진 자리
기와의 등을 타고 빼곡히 올라앉은 소원들

구십이 넘은 노인과
어린아이 같은 딸을 위한
기도문 하나 올려놓을 즈음
서산에 걸린 목탁 소리 더욱 붉게
타들어간다

한탄강 어부

이오동

물비늘이 보석처럼 반짝이는 강에서
그물을 걷어 올리는 어부가 보이고
저만치 언덕 위 걱정스러운 표정이 앉아 있다

연백에 돌아갈 날만을 기다리며
고향 가까운 강가에 식당을 내고
70여 년 어부로 살아가는 노인
급류에 휩쓸려 배가 파손되고
얼어붙은 강에 도끼질하다 물에 빠져
허우적대던 녹록지 않은 물고기잡이
가끔 그물에서 물고기보다 비싼
포탄과 탄피들이 올라오고
어제비 장사가 잘되어 함박 웃는 날도 있었다

가깝고도 먼 거리
언젠가는 돌아갈 희망으로 버려 온 기한이
뉘엿뉘엿 저물고 있다

고기 잡는 법은 알아도
고향 향한 마음을 다잡는 법을 모르는 노인
저물녘이면 강둑에 앉아
강물을 거슬러 저 멀리 기억의 소실점을 더듬으며
연어처럼 강을 오르고 있다

한탄강 어부

이 오 동

물비늘이 보석처럼 반짝이는 강에서
그물을 걷어 올리는 어부가 보이고
저만치 언덕 위 걱정스러운 표정이 앉아 있다

연백에 돌아갈 날만을 기다리며
고향 가까운 강가에 식당을 내고
70여 년 어부로 살아가는 노인
급류에 휩쓸려 배가 파손되고
얼어붙은 강에 도끼질하다 물에 빠져
허우적대던 녹록지 않은 물고기잡이
가끔 그물에서 물고기보다 비싼
포탄과 탄피들이 올라오고
어제비 장사가 잘 되어 함박 웃는 날도 있었다

가깝고도 먼 거리
언젠가는 돌아갈 희망으로 버텨 온 기한이
뉘엿뉘엿 저물고 있다

고기 잡는 법은 알아도
고향 향한 마음을 다잡는 법을 모르는 노인
저물녘이면 강둑에 앉아
강물을 거슬러 저 멀리 기억의 소실점을 더듬으며
연어처럼 강을 오르고 있다

그네

이오동

가끔
두고 온 황성산 억새가 그리울 때는
하늘 높이 솟구쳐 오르는 꿈을 꾸어요
디딜 수 없는 허공으로 내달려요

종일 공중을 오가도 흔적조차 남지 않아요
보고 싶다는 간절함이 없으면
난 그저 매달린 물체에 지나지 않아요

바람에 떠밀려 저물어 가는 생
날개가 없는 나는
평생을 두 줄에 묶여 고향길을 오가요

발이 닿지 않는 허공에서
간절함의 깊이는 오른 만큼 깊어지고
정해진 반경에서 끝없이 흔들리고 있어요

가끔은 아래를 내려다봐요
발아래 나뭇잎들이 살랑살랑 손을 흔들면
겨드랑이에서 날개가 돋는 듯해요

그럴 때면
떨어져 나간 꿈의 깃털이 고향에 닿았는지 궁금해져요

그넷줄을 흔드는 바람의 손을 잡고
산 너머 하늘로 훨훨 날아가고 싶어요

그네

이 오 동

가끔
두고 온 황성산 억새가 그리울 때는
하늘 높이 솟구쳐 오르는 꿈을 꾸어요
디딜 수 없는 허공으로 내달려요

종일 공중을 오가도 흔적조차 남지 않아요
보고 싶다는 간절함이 없으면
난 그저 매달린 물체에 지나지 않아요

바람에 떠밀려 저물어 가는 생
날개가 없는 나는
평생을 두 줄에 묶여 고향길을 오가요

발이 닿지 않는 허공에서
간절함의 깊이는 오른 만큼 깊어지고
정해진 반경에서 끝없이 흔들리고 있어요

가끔은 아래를 내려다 봐요
발아래 나뭇잎들이 살랑살랑 손을 흔들면
겨드랑이에서 날개가 돋는 듯해요

그럴 때면
떨어져 나간 꿈의 깃털이 고향에 닿았는지 궁금해져요

그넷줄을 흔드는 바람의 손을 잡고
산 너머 하늘로 훨훨 날아가고 싶어요

끝나지 않은 귀환

이 은 영

유해 발굴이 시작되었다
전쟁은 끝났지만
아직도 상처를 차곡차곡 쟁여놓은 사람들
유가족이 유해대신 손에 쥔 것은
한 통의 빛바랜 전산 통지서다
눈으로 생사를 확인하지 못한 가족은
유해 발굴작업으로 조그만 희망을 품었다
60년 동안 차갑고 무거운 어둠에 갇혔던
유해 발굴의 첫 삽을 뜨는 날이다
전투화에서 피가 흐르지 않는 발가락뼈가 쏟아졌고
야산에 쌓인 흙 속엔
그 자리에서 숨구멍을 닫은 채
60년 동안 가족을 애타게 기다리고 있었다
풀잎으로 버텼던 힘겨운 시간
나뭇잎과 가지 사이로 몸을 숨겼던
폭격에 찍힌 군인들은 간데없고
그들의 보폭이었던 신발 밑창엔 피눈물이 고였다
유해는 거대한 나무뿌리 밑에 똬리를 틀고 누워 있었다
백골을 먹으며 자란 나무는
자신의 뿌리로, 삭아가는 유해를 차마 놓을 수 없어
그들의 손을 단단히 움켜쥐고 있었다
전쟁의 급박한 상황을 읽는다
나무뿌리가 퇴적된 시간의 궤적으로
뼛속 깊이 파고든 채 살아가고 있었다
신음조차 허락되지 못한 유해 앞에서
비명조차도 꺼내지 못한다
61년의 긴 시간을 걷어내자
전쟁의 흔적으로 마른 땅이
검붉은 눈물로 흥건히 젖었다
유해는 다리조차 펴지 못한 채
혼자 먼 길을 서서히 떠났다
그들은
모두가 너른 하늘의 별이 된
빛나는 영웅이었다

제4회 한탄강문학상 은상 수상 작품

종자와시인박물관
SEED&POET MUSEUM

연천군

끝나지 않은 귀환

이 은 영

유해 발굴이 시작되었다
전쟁은 끝났지만
아직도 상처를 차곡차곡 쟁여놓은 사람들
유가족이 유해대신 쥔 것은 빛바랜 전산 통지서 한 통
가족은 유해 발굴 작업으로 조그만 희망을 품었다
60년 동안 차갑고 무거운 어둠에 갇혔던
유해 발굴의 첫 삽을 뜨는 날이다
전투화에서 피가 흐르지 않는 발가락뼈가 쏟아졌고
야산에 쌓인 흙 속엔, 그 자리에서 숨구멍을 닫은 채
60년 동안 가족을 애타게 기다리고 있었다
풀잎으로 버텼던 힘겨운 시간
나무 사이로 몸을 숨겼던, 폭격에 찍힌 군인들은 간데없고
그들의 보폭이었던 신발 밑창엔 피눈물이 고였다
유해는 거대한 나무뿌리 밑에 똬리를 틀고 누워 있었다
백골을 먹으며 자란 나무는
자신의 뿌리로 삭아가는 유해를 차마 놓을 수 없어
그들의 손을 단단히 움켜쥐고 있었다
나무뿌리가 퇴적된 시간의 궤적으로
뼛속 깊이 파고든 채 살아가고 있었다
신음조차 허락되지 못한 유해 앞에서 비명조차도 꺼내지 못한다
61년의 긴 시간을 걷어내자
메마른 땅이 검붉은 눈물로 흥건히 젖었다
유해는 다리조차 펴지 못한 채 혼자 먼 길을 서서히 떠났다
그들은 모두가 너른 하늘의 별이 된
빛나는 영웅이었다

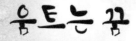

움트는 꿈

석향 이종덕

핑크빛 설렘으로
희망의 빛을 타고

고운 님 마음 밭에
사랑꽃 심어놓고

행복한
꿈속에 여행
꽃길 따라 떠나요

  종자와시인박물관
SEED&POET MUSEUM
연천군

움트는 꿈

석향 이 종 덕

핑크빛 설렘으로
희망의 빛을 타고

고운 님 마음 밭에
사랑꽃 심어놓고

행복한
꿈속에 여행
꽃길 따라 떠나요

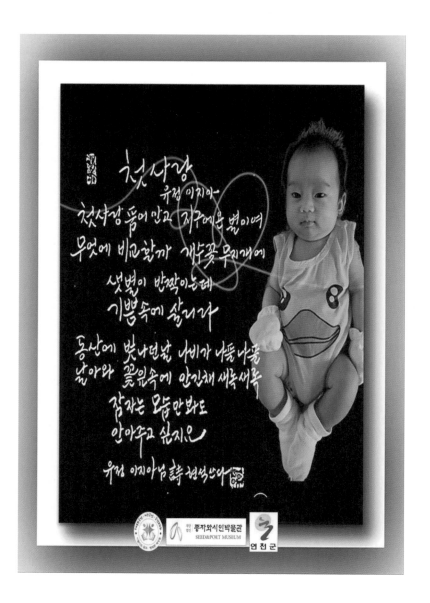

첫사랑

시 유정 이 지 아, 손글씨 현석 정 성 영

첫사랑 품에 안고
지구에 온 별이여
개수꽃 무지개에
무엇에 비교할까
샛별이
반짝이는 날
기쁨 속에 살리라

꽃동산 빛나던 날
나비가 나풀나풀
꽃잎 속 날아와서
새록새록 안기네
잠자는
모습만 봐도
안아주고 싶어라

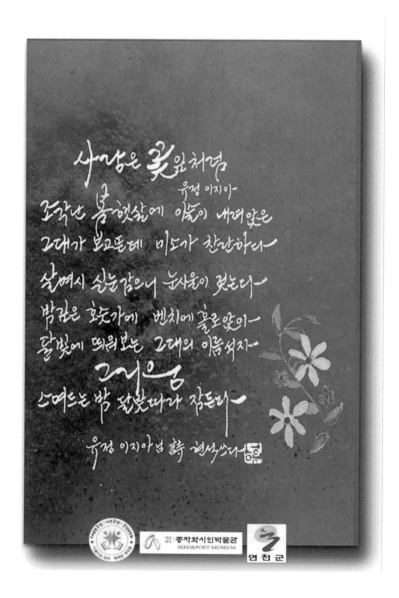

사랑은 꽃잎처럼
유정 이지아

조각난 봄햇살에 이슬이 내려앉은
그대가 보고픈데 미소가 찬란하다

살며시 실눈감으니 눈사윰이 젓눈다
밤깊은 호숫가에 벤치에 홀로앉아
달빛에 띄워보는 그대의 이름석자
그리움
스며드는 밤 달빛따라 잠든다

유정 이지아님 詩 현석쓰다

사랑은 꽃잎처럼

시 유정 이 지 아, 손글씨 현석 정 성 영

조각난 봄 햇살에
이슬이 내려앉아
그대가 보고픈데
미소가 찬란하다
살며시
실눈 감으니
눈시울이 젖는다

밤 깊은 호숫가에
벤치에 홀로 앉아
달빛에 띄워보는
그대의 이름 석 자
그리움
스며드는 밤
달빛 따라 잠든다

초가을의 단상(斷想)

덕산 장효영

여름의 끝자락이 남아
한낮 햇살을 뜨겁게 달군다

새벽 창가에
가을의 선봉대 소슬바람이
찾아오는 계절

파아란 하늘바다에
시원하게 풍덩 빠진 뭉게구름이
마음껏 은빛 몸매를 발산한다

유난히 무더웠던 여름이
가을을 시원하게
조금씩 밀어보낸다
여기쯤이 바로
초가을인가 보다

뭉게구름 흘러가고
새털구름 높게 뜰 때
기러기들은 하늘 높이 날아
친구들과 속삭인다

나는 그리운 친구 생각에
아련히 눈을 감는다

초가을의 단상斷想

덕산 장 효 영

여름의 끝자락이 남아
한낮 햇살을 뜨겁게 달군다

새벽 창가에
가을의 선봉대 소슬바람이
찾아오는 계절

파아란 하늘 바다에
시원하게 풍덩 빠진 뭉게구름이
마음껏 은빛 몸매를 발산한다

유난히 무더웠던 여름이
가을을 시원하게
조금씩 밀어보낸다
여기쯤이 바로
초가을인가 보다

뭉게구름 흘러가고
새털구름 높게 뜰 때
기러기들은 하늘 높이 날아
친구들과 속삭인다

나는 그리운 친구 생각에
아련히 눈을 감는다

폭포를 보고

정영숙

뒤돌아볼 줄 모르고
앞으로만 쏟아지며 달리는
쉬었다 가라 해도 뭐가 그리 급한지
질주하는 소리
초목의 잠을 깨운다

세월은 저울에 달면
숨이라도 쉬고
빠른 속도의 음악도 쉼표가 있는데
너는 단숨에 큰 고함 지르고
황급히 달리는구나

폭포! 널 보니
내 젊음의 용감한 실수네

폭포를 보고

정 영 숙

뒤돌아볼 줄 모르고
앞으로만 쏟아지며 달리는
쉬었다 가라 해도 뭐가 그리 급한지
질주하는 소리
초목의 잠을 깨운다

세월은 저울에 달면
숨이라도 쉬고
빠른 속도의 음악도 쉼표가 있는데
너는 단숨에 큰 고함 지르고
황급히 달리는구나

폭포! 널 보니
내 젊음의 용감한 실수네

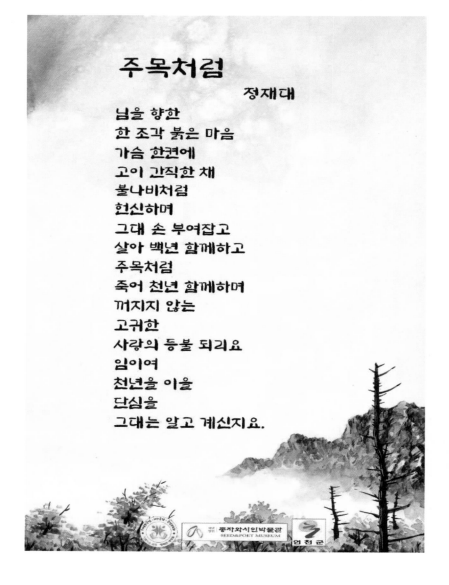

주목처럼

정재대

님을 향한
한 조각 붉은 마음
가슴 한켠에
고이 간직한 채
불나비처럼
헌신하며
그대 손 부여잡고
살아 백년 함께하고
주목처럼
죽어 천년 함께하며
꺼지지 않는
고귀한
사랑의 등불 되리요
임이여
천년을 이을
단심을
그대는 알고 계신지요.

주목처럼

정 재 대

님을 향한
한 조각 붉은 마음
가슴 한켠에
고이 간직한 채
불나비처럼
헌신하며
그대 손 부여잡고
살아 백 년 함께하고
주목처럼
죽어 천년 함께하며
꺼지지 않는
고귀한
사랑의 등불 되리요
님이여!!!
천년을 이을
단심을
그대는 알고 계신지요.

여우비

조인형

메마른 대지 위에
여우비 찾아드니
맑아진 산능선 길
연초록 여물지고
골짜기
자작나무 위
다람쥐도 반기네

동산에 아침 햇살
꽃처럼 피어나며
고목이 움이 트고
새싹이 돋아나니
앙가슴
그리움 찾아
샘물처럼 움솟네

여우비

조 인 형

메마른 대지 위에
여우비 찾아드니
맑아진 산 능선 길
연초록 여물지고
골짜기
자작나무 위
다람쥐도 반기네

동산에 아침 햇살
꽃처럼 피어나며
고목이 움이 트고
새싹이 돋아나니
앙가슴
그리움 찾아
샘물처럼 움솟네

가을 서정(抒情)

조태원

은행잎의 갈라진 자그마한 틈 사이로
가을이 찾아왔다

여름 내 신록으로 가려졌던 나무 줄기가
수줍게 드러났다
허리가 잘록한 가지는 부러질 듯 위태롭다

가을의 연인은 연약하다
살포시 눌러본 어깨가 슬프다
살짝 끌어온 허리가 여리다
행여나 다칠까 부러질까 온갖 걱정이다
그래도 길거리 수북히 쌓인 낙엽이 있어 안심이다

나뭇가지에 그리움을 켜켜이 쌓아
욱신거릴까 하는 걱정을 한시름 놓아 본다

가을 서정抒情

조 태 원

은행잎의 갈라진 자그마한 틈 사이로
가을이 찾아왔다

여름내 신록으로 가려졌던 나무줄기가
수줍게 드러났다
허리가 잘록한 가지는 부러질 듯 위태롭다

가을의 연인은 연약하다
살포시 눌러본 어깨가 슬프다
살짝 끌어온 허리가 여리다
행여나 다칠까 부러질까 온갖 걱정이다
그래도 길거리 수북이 쌓인 낙엽이 있어 안심이다

나뭇가지에 그리움을 켜켜이 쌓아
욱신거릴까 하는 걱정을 한시름 놓아 본다

재인폭포

조현상

가마골 깊은 계곡 숨 가쁘게 달려와
옥구슬 가마소釜沼에 비단 한 필 곱게 빨아
육십 척 주상절리에 치렁치렁 널었네

섬섬옥수閃閃玉水 물안개 현을 켜듯 허공에 날고
부서지는 물결 소리 다락대 포성도 잠재워
영롱한 무지갯빛이
눈부시게 사운대네

까마득한 협곡 위 동여맨 음모의 밧줄
사뿐사뿐 재인才人의 잠자리 날개 싹둑 잘려
이슬길 시퍼런 설움
한탄강을 적시네

절세가인 재인 아내에 흑심 품은 고을 원
욕정의 들창코를 아싹 깨문 여인의 정절
코문리 재인폭포 전설
뽀얗게 물보라 피네.

재인폭포

조 현 상

가마골 깊은 계곡 숨 가쁘게 달려와
옥구슬 가마소釜沼에 비단 한 필 곱게 빨아
육십 척 주상절리에 치렁치렁 널었네.

섬섬옥수閃閃玉水 물안개 현을 켜듯 허공에 날고
부서지는 물결 소리 다락대 포성도 잠재워
영롱한 무지갯빛이
눈부시게 사운대네.

까마득한 협곡 위 동여맨 음모의 밧줄
사뿐사뿐 재인才人의 잠자리 날개 싹둑 잘려
이슬길 시퍼런 설움
한탄강을 적시네.

절세가인 재인 아내에 흑심 품은 고을 원님
욕정의 들창코를 아싹 깨문 여인의 정절
코문리 재인폭포 전설*
뽀얗게 물보라 피네.

– 제2회 한탄강문학상 은상 수상작품

통일의 꿈

진순분

그 누구 울음이 저 핏빛 노을 되었나,
그 누구 아픔이 저 물결 화석 되었나,
한탄강 큰 여울의 강 민족 열망 보듬을 때

한반도 간절한 통일의 노래 불러 보리
슬픈 역사 이산가족 사무친 절규 풀어내리
남과 북 손잡은 꿈길 얼싸안고 흘러가네

통일의 꿈

진 순 분

그 누구 울음이 저 핏빛 노을 되었나
그 누구 아픔이 저 물결 화석 되었나
한탄강 큰 여울의 강 민족 열망 보듬을 때

한반도 간절한 통일의 노래 불러 보리
슬픈 역사 이산가족 사무친 절규 풀어내리
남과 북 손잡은 꿈길 얼싸안고 흘러가네

-제3회 한탄강문학상 금상 수상 작품

한탄강의 아침

유수 차상일

새벽 가녀린 햇살
주상절리 천혜의 절경에
한 줌 한 줌 비춰온다

여명의 어스름함
지나온 역사의 숭고함에
온 천지 적막으로 긴장

물안개 퍼진 한탄강을
아주 작은 물방울들
천지창조하듯 환영한다

곳곳의 절경 이루어진
찰랑거리는 한탄강 물결은
전주곡으로 내일을 노래한다

  종자와시인박물관
SEED&POET MUSEUM 연천군

한탄강의 아침

유수 차 상 일

새벽 가녀린 햇살
주상절리 천혜의 절경에
한 줌 한 줌 비춰온다

여명의 어스름함
지나온 역사의 숭고함에
온 천지 적막으로 긴장

물안개 퍼진 한탄강을
아주 작은 물방울들
천지창조 하듯 환영한다

곳곳의 절경 이루어진
찰랑거리는 한탄강 물결은
전주곡으로 내일을 노래한다

설악초 사랑

채찬석

나비님!
제 어깨에 한번 앉아보셔요
제발 그냥 가지 마세요
하얗게 분칠도 했잖아요

고마워요, 사뿐히 손잡아 주어서
하지만 아직 꿀은 드리지 못해요
속 꽃이 필 때까지
사랑 노래 부르며 꼬옥 안아주세요

그때 꿀도 드리고
진주 씨도 맺을게요

설악초 사랑

채 찬 석

나비님!
제 어깨에 한 번 앉아보셔요
제발 그냥 가지 마세요
하얗게 분칠도 했잖아요

고마워요, 사뿐히 손잡아 주어서
하지만 아직 꿀은 드리지 못해요
속 꽃이 필 때까지
사랑 노래 부르며 꼬옥 안아주세요

그때 꿀도 드리고
진주 씨도 맺을게요

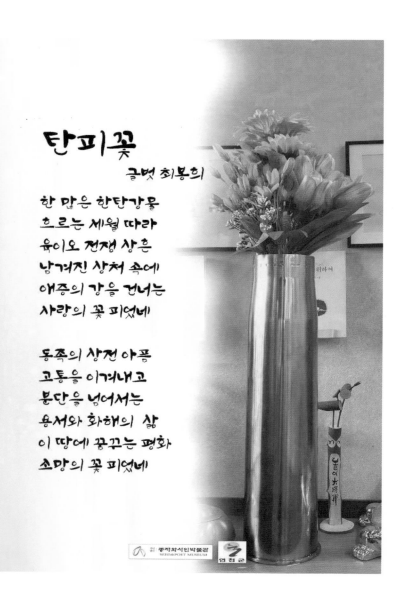

탄피꽃

글벗 최봉희

한 많은 한탄강물
흐르는 세월 따라
육이오 전쟁 상흔
남겨진 상처 속에
애증의 강을 건너는
사랑의 꽃 피었네

동족의 상전 아픔
고통을 이겨내고
분단을 넘어서는
용서와 화해의 삶
이 땅에 꿈꾸는 평화
소망의 꽃 피었네

탄피꽃

글벗 최 봉 희

한 많은 한탄강물
흐르는 세월 따라
육이오 전쟁 상흔
남겨진 상처 속에
애증의 강을 건너는
사랑의 꽃 피었네

동족의 상전 아픔
고통을 이겨내고
분단을 넘어서는
용서와 화해의 삶
이 땅에 꿈꾸는 평화
소망의 꽃 피었네

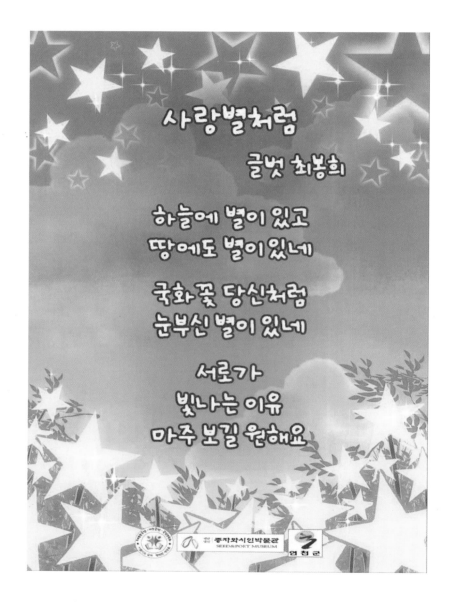

사랑별처럼

글벗 최봉희

하늘에 별이 있고
땅에도 별이 있네

국화꽃 당신처럼
눈부신 별이 있네

서로가
빛나는 이유
마주 보길 원해요

사랑별처럼

시조 최 봉 희, 포토그라피 채 은 지

하늘에 별이 있고
땅에도 별이 있네

국화꽃 당신처럼
눈부신 별이 있네

서로가
빛나는 이유
마주 보길 원해요

나비 모녀(母女)

頭松 최우상문

나비 두 마리
향기 잡으려
창공으로 나래를 편다

하늘에 떠 있는
푸른 꿈의 나비 모녀
행복한 춤을 춘다

그 시절 꽃봉오리에
피던 옛 이야기들
아기 나비를 껴안고 있다.

나비 모녀 母女

頭松 최우상문

나비 두 마리
향기 잡으려
창공으로 나래를 편다

하늘에 떠 있는
푸른 꿈의 나비 모녀
행복한 춤을 춘다

그 시절 꽃봉오리에
피던 옛이야기들
아기 나비를 껴안고 있다.

포탄밥

최 재 영

포탄이 밥이 될 수 있다니,
수풀 무성한 수몰지를 걷는다
행여 칼날 같은 고철을 밟을까
바람도 한쪽으로만 불어대고
포탄밥을 고봉으로 지어내던 사람들은
모두 어디로 갔을까
서걱이는 잡풀 사이
잔뜩 녹이 슨 새들은 수시로 튀어오르고
발목 잘린 노을이 피어날 때면
새 울음도 붉게 자지러지는 곳
지뢰는 흩날리는 꽃잎처럼
눈부신 허공으로 무차별 피어나곤 했다
전쟁보다 더 처절했던 생의 길목에서
아직도 달빛은 물기 가득한 울음으로 출렁이고
물고기를 잡고 포탄 고철을 줍던 어미 아비들
물 속은 오히려 난공불락의 요새였을까
충혈된 쇳소리를 잠재우며
고문리의 계절이 피었다 진다
적막이 내려앉은 수몰지
피눈물의 포탄밥을 기억하는지
여기저기 붉은 꽃망울 지천이다

제4회 한탄강문학상 금상 수상 작품

종자와시인박물관
SEEDPOEMT MUSEUM
연천군

포탄밥

최 재 영

포탄이 밥이 될 수 있다니,
수풀 무성한 수몰지를 걷는다
행여 칼날 같은 고철을 밟을까
바람도 한쪽으로만 불어대고
포탄밥을 고봉으로 지어내던 사람들은
모두 어디로 갔을까
서걱이는 잡풀 사이
잔뜩 녹이 슨 새들은 수시로 튀어오르고
발목 잘린 노을이 피어날 때면
새 울음도 붉게 자지러지는 곳
지뢰는 흩날리는 꽃잎처럼
눈부신 허공으로 무차별 피어나곤 했다
전쟁보다 더 처절했던 생의 길목에서
아직도 달빛은 물기 가득한 울음으로 출렁이고
물고기를 잡고 포탄 고철을 줍던 어미 아비들
물속은 오히려 난공불락의 요새였을까
충혈된 쇳소리를 잠재우며
고문리의 계절이 피었다 진다
적막이 내려앉은 수몰지
피눈물의 포탄밥을 기억하는지
여기저기 붉은 꽃망울 지천이다
- 제4회 한탄강문학상 금상 수상 작품

그리운 마음

바보 최정식

어머니의 그리움이
하늘 위 구름을 타고 스쳐가는
아침나절의 풍경들이
눈에 들어와 새로움을 안긴다.

만남이 소원해진 친구
휘리릭 이는 바람을 타고 날아와
잘 지내고 있다고 안녕을 말해준다.

고향생각하면
부모 형제자매 떠난 빈자리
잡초만 무성히 자라
삶의 흔적 찾는 그리움만 가득 쌓인다.

하던 일 멈추고 퇴직하니
수십 년 한 우물에서
삶의 가치와 의미 찾아 노력한 일이
그리움 되어 행복이란다.

다양한 사람들이 모여 사는 세상
좋은 사람 나쁜 사람 이상한 사람들도 많았지만
모두가 그리움의 대상이더라.

한 살 두 살 나이를 먹으니
사람 사는 세상은 모두가 그리움의 흔적으로 남아
추억의 페이지를 들추어 보게 한다.

종자와시인박물관
SEED&POET MUSEUM

그리운 마음

바보 최 정 식

어머니의 그리움이
하늘 위 구름을 타고 스쳐가는 아침나절의 풍경들이
눈에 들어와 새로움을 안긴다.

만남이 소원해진 친구
휘리릭 이는 바람을 타고 날아와 잘 지내고 있다고
안녕을 말해준다.

고향 생각하면
부모 형제자매 떠난 빈자리 잡초만 무성히 자라
삶의 흔적 찾는 그리움만 가득 쌓인다.

하던 일 멈추고 퇴직을 하니
수십 년 한 우물에서 삶의 가치와 의미 찾아 노력한
일이 그리움 되어 행복이란다.

다양한 사람들이 모여 사는 세상
좋은 사람 나쁜 사람 이상한 사람들도 많았지만
모두가 그리움의 대상이더라.

한 살 두 살 나이를 먹으니
사람 사는 세상은 모두가 그리움의 흔적으로 남아
추억의 페이지를 들추어 보게 한다

어머니의 접시꽃

한복순

어릴 적 좁은 어깨
따뜻이 감싸주신
너른 품 접시꽃은
나의 꿈 나의 사랑
인자한
어머니 모습
내 가슴에 핍니다

장마철 담 너머로
행여나 딸이 올까
깨끗한 모시 적삼
환하게 차려입고
땀 식혀
기다리시던
그리워라 울엄니

종자와시인박물관
SEED&POET MUSEUM

어머니의 접시꽃

한 복 순

어릴 적 좁은 어깨
따뜻이 감싸주신
너른 품 접시꽃은
나의 꿈 나의 사랑
인자한
어머니 모습
내 가슴에 핍니다

장마철 담 너머로
행여나 딸이 올까
깨끗한 모시 적삼
환하게 차려입고
땀 식혀
기다리시던
그리워라 울 엄니

통로가 되고 싶은

홍영수

남과 북 사이에 가로 놓인 나
반도를 가로지르며 한 가운데 서 있다.
훈민정음은 쭈뼛쭈뼛한 철조망의 등뼈를 오르내리고
심장 깊숙한 곳에는 같은 피가 흐르는데
가슴과 가슴 사이에는 내가 있어
오가야 할 언어의 날갯짓은 죽지를 접은 지 오래다.
그리움과 보고 싶음의 틈바구니에
멋쩍은 듯 녹슨 자세로 서 있는 나는 누구일까
서로의 오감이 끊겨버린 사이에 선 두꺼운 벽
그렇게 가로막은 흉적의 뿌리를 뽑아버리고
흔적마저 지우고 무너뜨려서 이어주고 싶어
장애물이 아닌 통로가 되고 싶은 거야
뜨거운 심장으로 더불어 살아야 할 너희들이
모질고 모진 세태의 틈새에 나를 세워놓은 거야
마음에서 마음으로 이어지는 세상은 없는 걸까
장애물의 벽이 아닌 희망의 통로가 될 수 없는 걸까
나를 무너뜨길 수 있는 건 오직 너희들뿐이야.
더불어 걷는 길이 되고 맞잡은 손이 되고 싶다면
함부로 내뱉은 언어와 칼날의 벽을 쌓지 말고
귀를 가리는 장막을 걷어야 해
그날을 빗을 때까지
난 망부석이 되어 서있을 거야

– 제4회 한탄강문학상 대상 수상 작품

통로가 되고 싶은

홍 영 수

남과 북 사이에 가로 놓인 나
반도를 가로지르며 한 가운데 서 있다.
훈민정음은 쭈뼛쭈뼛한 철조망의 등뼈를 오르내리고
심장 깊숙한 곳에는 같은 피가 흐르는데
가슴과 가슴 사이에는 내가 있어
오가야 할 언어의 날갯짓은 죽지를 접은 지 오래다.
그리움과 보고 싶음의 틈바구니에
멋쩍은 듯 녹슨 자세로 서 있는 나는 누구일까
서로의 오감이 끊겨버린 사이에 선 두꺼운 벽
그렇게 가로막은 호적의 뿌리를 뽑아버리고
흔적마저 지우고 무너뜨려서 이어주고 싶어
장애물이 아닌 통로가 되고 싶은 거야
뜨거운 심장으로 더불어 살아야 할 너희들이
모질고 모진 세태의 틈새에 나를 세워놓은 거야
마음에서 마음으로 이어지는 세상은 없는 걸까
장애물의 벽이 아닌 희망의 통로가 될 수 없는 걸까
나를 무너뜨릴 수 있는 건 오직 너희들뿐이야.
더불어 걷는 길이 되고 맞잡은 손이 되고 싶다면
함부로 내뱉은 언어와 칼날의 벽을 쌓지 말고
귀를 가리는 장막을 걷어야 해
그날을 빚을 때까지
난 망부석이 되어 서 있을 거야.

－제4회 한탄강문학상 대상 수상 작품

평화를 위한 기도

연우 황희종

6.25가 발발한 지
칠십사 년이 지나가는데
이산가족은 한을 안고 살아간다

세월이 지나가도
아직도 이 나라는
평화가 올 생각이 없다

형제지간이라도
싸움만 하고 시끄러우면
가정이 불안하고
나라가 흔들린다
전세계가 대포 소리 요란하니
평화와 행복이 깨진다.

따지고 보면 우리는
모두 아담 하와를 시조로 둔 형제지간이다
뭘 그리 따져가면서
여기 쾅! 저기 쾅!
싸움만 하는가

피를 나눈 형제는
그 어떤 잘못도
다 덮어줘야 하는
아름다운 사이가 아닌가

아무래도 성경 속 하나님께서만
이 문제의 답을 알고 계시리라

우리는 그저
전능하신 하나님께
간절하게 기도할 수 밖에

평화를 위한 기도

연우 황 희 종

6.25가 발발한 지
칠십사 년이 지나가는데
이산가족은 한을 안고 살아간다

세월이 지나가도
아직도 이 나라는
평화가 올 생각이 없다

형제지간이라도
싸움만 하고 시끄러우면
가정이 불안하고 / 나라가 흔들린다
전세계가 대포 소리 요란하니
평화와 행복이 깨진다.

따지고 보면 우리는
모두 아담 하와를 시조로 둔 형제지간이다
뭘 그리 따져가면서
여기 쾅! 저기 쾅! 싸움만 하는가

피를 나눈 형제는
그 어떤 잘못도 / 다 덮어줘야 하는
아름다운 사이가 아닌가

아무래도 성경 속 하나님께서만
이 문제의 답을 알고 계시리라

우리는 그저 전능하신 하나님께
간절하게 기도할 수밖에

때론 부담스러워
정하고 싶지 않은것

지켜야 하지만
어기는 날도 가끔 있는것

손꼽아 오매불망
기다리게 만들기도 하는것

그속에 그대가 있을때
더 지키고 싶어지는 것

허정아 · 약속

약속

- 시 백련 허 정 아, 손글씨 자령 이 영 희

때론
부담스러워
정하고 싶지 않은 것

지켜야 하지만
어기는 날도
가끔 있는 것

손꼽아
오매불망
기다리게 만들기도
하는 것

그 속에
그대가 있을때
더 지키고 싶어지는 것

그대 이름은

현종현

날이면 날마다
실핏줄까지 터지게 만드는 여자여,
걸핏하면
고향의 해조음 같은 그리움을 몰고 다니며
유년의 시린 빙판의 기억을 뚫고 솟아나와
내 영혼의 어린 싹들을 잔인하게 파먹는
그대는 황홀한 악마

그대 이름은

현 종 헌

날이면 날마다
실핏줄까지 터지게 만드는 여자여,
걸핏하면
고향의 해조음 같은 그리움을 몰고 다니며
유년의 시린 빙판의 기억을 뚫고 솟아나와
내 영혼의 어린 싹들을 잔인하게 파먹는
그대는 황홀한 악마

제2부

2024년

연천국화축제꽃시화전
시화 작품

연천 꽃지

강세희

문을 열면
눈앞에 보이는 꽃동산
웃음 지으며 서로 웃는 꽃들의 모습에
속삭이는 입매는

빨강 노랑
꽃씨의 방에
첩초의 근접은
꿈도 못 꾼다

모이자
맑은 물, 연천 땅

푸른 강물 흐르는 곳
선사 민심 흐르는 곳
연천으로 모이자

연천 꽃지

강 세 희

문을 열면
눈앞에 보이는 꽃동산
웃음지며 서로 웃는 꽃들의 모습에
속삭이는 잎매는

빨강 노랑
꽃씨의 방에
첩초의 근접은
꿈도 못 꾼다

모이자
맑은 물, 연천 땅

푸른 강물 흐르는 곳
선사 민심 흐르는 곳
연천으로 모이자

보랏빛 향연

시인 강자연

태양이 빨갛게 수평으로 지면
보랏빛 밤하늘의 은구슬
수만개 별을 만든다
보라색 호수에 보랏빛 엽서는
바람에 정처없이 밀려간다
오늘은 행복의 드레스 입고
천사의 하얀 침실로 들어간다
마지막 보랏빛 국화는
눈서리 속에 장식하고
보랏빛 향연에 넘치는 광장
태양이 밝아온다

보랏빛 향연

시인 강 자 앤

태양이 빨갛게 수평으로 지면
보랏빛 밤하늘의 은구슬
수만 개 별을 만든다

보라색 호수에 보랏빛 엽서는
바람에 정처없이 밀려간다

오늘은 행복의 드레스 입고
천사의 하얀 침실로 들어간다

마지막 보랏빛 국화는
눈서리 속에 장식하고
보랏빛 향연에 넘치는 광장
태양이 밝아온다

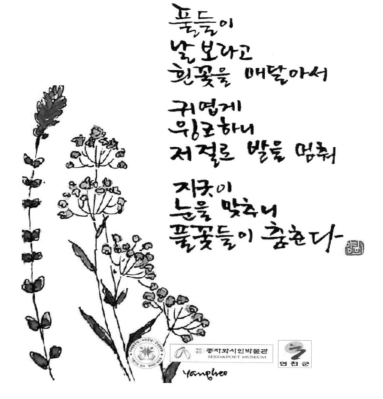

풀꽃

고정숙

풀들이
날 보라고
흰꽃을 매달아서

귀엽게
위로하니
저절로 발을 멈춰

지긋이
눈을 맞추니
풀꽃들이 춤춘다

풀꽃

시조 고 정 숙, 손글씨 도담 이 양 희

풀들이
날 보라고
흰꽃을 매달아서

귀엽게
윙크하니
저절로 발을 멈춰

지긋이
눈을 맞추니
풀꽃들이 춤춘다

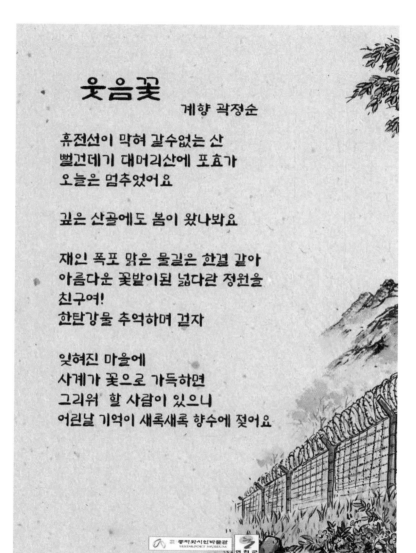

웃음꽃

계향 곽정순

휴전선이 막혀 갈수없는 산
뻘건데기 대머리산에 포효가
오늘은 멈추었어요

깊은 산골에도 봄이 왔나봐요

재인 폭포 맑은 물길은 한결 같아
아름다운 꽃밭이 된 넓다란 정원을
친구여!
한탄강물 추억하며 걷자

잊혀진 마을에
사계가 꽃으로 가득하면
그리워 할 사람이 있으니
어린날 기억이 새록새록 향수에 젖어요

종자와시인박물관
SEEDSⅈPOET MUSEUM
연천군

웃음꽃

계 향 곽 정 순

휴전선이 막혀 갈 수 없는 산
뻘건데기 대머리산에 포효가
오늘은 멈추었어요

깊은 산골에도 봄이 왔나 봐요

재인폭포 맑은 물길은 한결같아
아름다운 꽃밭이 된 널따란 정원을
친구여!
한탄강물 추억하며 걷자

잊혀진 마을에
사계가 꽃으로 가득하면
그리워할 사람이 있으니
어린 날 기억이 새록새록 향수에 젖어요

국화 예찬

권혜정

꽃피는 봄이 지나고
뜨거운 여름을 견디고
9월에 피는 꽃 국화여

소국 중국 대국이
누가 누가 예쁜지
봐 달라고 손짓하네

한아름 꽃다발이 되어
보는 이 즐겁게 하고
향기로 발길을 이끄네

가냘픈 여인으로
모진 찬서리를 견디며
절개를 지키는 그대
그 이름 국화라네

국화 예찬

권 혜 정

꽃 피는 봄이 지나고
뜨거운 여름을 견디고
9월에 피는 꽃 국화여

소국 중국 대국이
누가 누가 예쁜지
봐 달라고 손짓하네

한 아름 꽃다발이 되어
보는 이 즐겁게 하고
향기로 발길을 이끄네

가냘픈 여인으로
모진 찬서리를 견디며
절개를 지키는 그대
그 이름 국화라네

마음

김고은향

눈에 보이는 마음
귀에 들리는 마음

마음에 마음을 담아
마음을 얹기도 하고

마음에 마음을 담아
마음을 갚기도 하네

산 넘어 조그만 오솔길 돌아
수풀 사이 찾아가는 길

고개를 들어 하늘을 보면
늘, 그대로 … 그대로

종자와시인박물관
SEED&POET MUSEUM
연천군

마음

김고은향

눈에 보이는 마음
귀에 들리는 마음

마음에 마음을 담아
마음을 얻기도 하고

마음에 마음을 담아
마음을 갚기도 하네

산 넘어 조급한 오솔길 돌아
수풀 사이 찾아가는 길

고개를 들어 하늘을 보면
늘, 그대로 … 그대로

억새꽃

김상우

한번도
굽히지 않는
타고난 저 핏줄 보라

한생을
마감할 무렵
그 성깔을 내려놓고

모든 게
부질없다고
백기 들고 흔드네

억새꽃

김 상 우

한 번도
굽히지 않는
타고난 저 핏줄 보라

한생을
마감할 무렵
그성깔을 내려놓고

모든 게
부질없다고
백기 들고 흔드네

들꽃

김석이

눈에 띄지 않아도 나는 늘 행복하죠
햇살이 손 내밀고 바람이 응원해요
풍경은 나를 감싸고 마음까지 다독여요

무심코 지나치는 발자국 소리에도
그림자 늘이면서 따라가고 싶었지만
한사코 잡고 있었죠 익숙해진 그 자리

들꽃

김 석 이

눈에 띄지 않아도 나는 늘 행복하죠
햇살이 손 내밀고 바람이 응원해요
풍경은 나를 감싸고 마음까지 다독여요

무심코 지나치는 발자국 소리에도
그림자 늘이면서 따라가고 싶었지만
한사코 잡고 있었죠 익숙해진 그 자리

붉은 장미

김석표

하도 붉어서 뜨겁게 피어나는구나
그러다가 타는 갈증으로 목이 메면
툭하고 꽃잎을 땅 위에 떨구어
장렬하고도 아름답게 지는 꽃

죽을 만큼 사랑한 사람만이
선택한 꽃이라 했든가
사랑은 뜨거워진 가슴을
누군가에게 그 존재감을 알리는
가장 숭고하고 아름다운 일이다

한평생 뜨겁게 살다가
사랑이라는 무덤가에 제일 먼저
헌화하는 꽃
가슴을 붉게 물들이는 네가 있어
사랑은 영원할 것이다

붉은 장미

김 석 표

하도 붉어서 뜨겁게 피어나는구나
그러다가 타는 갈증으로 목이 메이면
툭하고 꽃잎을 땅 위에 떨구어
장렬하고도 아름답게 지는 꽃

죽을 만큼 사랑한 사람만이
선택한 꽃이라 했든가
사랑은 뜨거워진 가슴을
누군가에게 그 존재감을 알리는
가장 숭고하고 아름다운 일이다

한평생 뜨겁게 살다가
사랑이라는 무덤가에 제일 먼저
헌화되는 꽃
가슴을 붉게 물들이는 네가 있어
사랑은 영원할 것이다

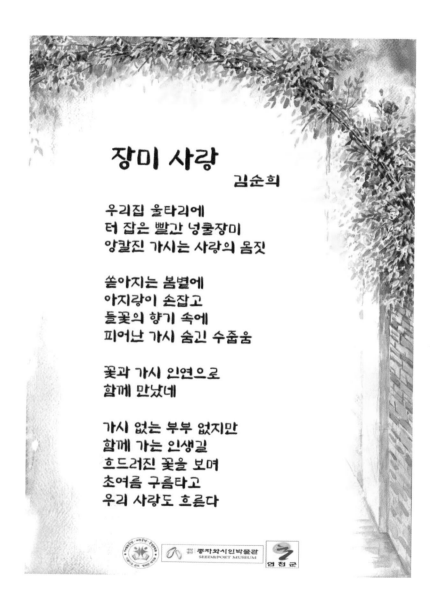

장미 사랑

김순희

우리집 울타리에
터 잡은 빨간 넝쿨장미
앙칼진 가시는 사랑의 몸짓

쏟아지는 봄볕에
아지랑이 손잡고
들꽃의 향기 속에
피어난 가시 숨긴 수줍음

꽃과 가시 인연으로
함께 만났네

가시 없는 부부 없지만
함께 가는 인생길
흐드러진 꽃을 보며
초여름 구름타고
우리 사랑도 흐른다

장미사랑

김 순 희

우리 집 울타리에
터 잡은 빨간 넝쿨장미
앙칼진 가시는 사랑의 몸짓

쏟아지는 봄볕에
아지랑이 손잡고
들꽃의 향기 속에
피어난 가시 숨긴 수줍음

꽃과 가시 인연으로
함께 만났네

가시 없는 부부 없지만
함께 가는 인생길
흐드러진 꽃을 보며
초여름 구름 타고
우리 사랑도 흐른다

호접란

김정현

화선지에
난꽃을 그려 넣자

이내 날아든
봄나비

가만히 지켜보다
사진 속에 담으니

행복한 그리움
추억으로 남아

하나의 작품
책갈피 속에
미소 짓게 하네

호접란

김 정 현

화선지에
난꽃을 그려 넣자

이내 날아든
봄나비

가만히 지켜보다
사진 속에 담으니

행복한 그리움
추억으로 남아

하나의 작품
책갈피 속에
미소 짓게 하네

빨랫줄

김종구

옷들은 빨랫줄에서
따뜻한 기운을 받아서 다시 살고

내 마음은
하늘에 걸어 놓으면
하늘처럼 닮고 싶고

바다에 띄우면
생동감 있게 움직이고 싶고

땅에 있으면
거짓 없이 살라하고

이쁜 꽃 곁에 있으면
옛 친구가 왔다고 말할까?

나무는
푸른 마음으로 살라하고

그대 옆에 있으면
편안하다고 말할까?

빨랫줄

김 종 구

옷들은 빨랫줄에서
따뜻한 기운을 받아서 다시 살고
내 마음은
하늘에 걸어 놓으면
하늘처럼 닮고 싶고

바다에 띄우면
생동감 있게 움직이고 싶고
땅에 있으면
거짓없이 살라하고
이쁜 꽃 곁에 있으면
옛 친구가 왔다 말할까?

나무는
푸른 마음으로 살라하고

그대 옆에 있으면
편안하다 말할까?

인생은 구름같이

봉두 김진일

허망한 세상
흰 구름 산을 넘네

여름비 눈물

만나고 헤어짐은
세상의 끝 날에나

이별은 쉽고
다시 만남 어렵네

오가는 세상

뭉게뭉게 피고 진
새하얀 구름 되어

종자와시인박물관
SEED&POET MUSEUM

인생은 구름같이

봉두 김 진 일

허망한 세상
흰구름 산을 넘네

여름비 눈물
만나고 헤어짐은
세상의 끝 날에나
이별은 쉽고
다시 만남 어렵네

오가는 세상

뭉게뭉게 피고 진
새하얀 구름 되어

국화의 꿈

김태웅

꽃을 바라본 사람은 많았어
대부분은 우릉우릉 소리에 끌려
바로 고개를 돌렸지

세상에는 꽃이 피고 있다는 것을 모르는
물신선들로 가득해

누구나 격렬한 여름을 살다가
조락하는 가을이 지나면
곧 무채색 겨울을 맞이할 텐데

그때에도 너의 빛깔이
반짝이기를 바란다면
쉿! 국화를 살펴봐

무거운 머리 가누기 어려워
몸 전체가 흔들릴 줄 알면서도
가느다란 줄기를 타고 올라가
하늘 가까운 곳에 기어코 꽃을 피우지

그래야만 꿈을 찾을 수 있으니까
그래야만 꿈을 찾는
다른 꽃들을 만날 수 있으니까

종자와시인박물관
SEED&POET MUSEUM
영천군

국화의 꿈

김 태 용

꽃을 바라본 사람은 많았어
대부분은 우릉우릉 소리에 끌려
바로 고개를 돌렸지

세상에는 꽃이 피고 있다는 것을 모르는
물신선들로 가득해

누구나 격렬한 여름을 살다가
조락하는 가을이 지나면
곧 무채색 겨울을 맞이할 텐데

그때에도 너의 빛깔이
반짝이기를 바란다면
쉿! 국화를 살펴봐

무거운 머리 가누기 어려워
몸 전체가 흔들릴 줄 알면서도
가느다란 줄기를 타고 올라가
하늘 가까운 곳에 기어코 꽃을 피우지

그래야만 꿈을 찾을 수 있으니까
그래야만 꿈을 찾는
다른 꽃들을 만날 수 있으니까

백설이와 친구들

민경민

하얀 살 위에
검정 깨알 입 안 가득
톡 톡톡 터지고

달 코미 호박 춤춘다
새 코미 귤 덩달아
훌라 훌라 훌라라

건포도 녀석 질세라
나는 포도당
까망이 콩 녀석도
한 몫 거둔다
난 단백질의 보물창고라고

이렇게 만난 우리는
여러분 마음을
행복으로 가득 채우는
설기가 되었답니다.

백설이와 친구들

민 경 민

하얀 살 위에
검정 깨알 입 안 가득
톡 톡톡 터지고

달 코미 호박 춤춘다
새 코미 귤 덩달아
훌라 훌라 훌라라

건포도 녀석 질세라
나는 포도당
까망이 콩 녀석도
한 몫 거든다
난 단백질의 보물창고라고

이렇게 만난 우리는
여러분 마음을
행복으로 가득 채우는
설기가 되었답니다.

국화에 대한 소고

월훈 박은선

아스라이 서리 내린 지난 밤
사립문 국화 한 송이 가신 님 불러와
가을을 익히고 있누나

새하얀 국화 닮은 무명앞치마에
어머니사랑 한 잎 한 잎 뜯어 모아
어린 시절 키운 우아한 향기

해 노을 때면 노루목에 올라
국화 한 송이 놓아두고
뒤돌아선 걸음걸음마다
국화꽃잎 하나하나 내려주고

행여
달빛아래 걸어오실 때
꽃잎 따라 오시라고

국화에 대한 소고

월훈 박 은 선

아스라이 서리 내린 지난밤
사립문 국화 한 송이 가신 님 불러와
가을을 익히고 있누나

새하얀 국화 닮은 무명 앞치마에
어머니 사랑 한 잎 한 잎 뜯어 모아
어린 시절 키운 우아한 향기

해 노을 때면 노루목에 올라
국화 한 송이 놓아두고
뒤돌아선 걸음걸음마다
국화 꽃잎 하나하나 내려주고

행여
달빛 아래 걸어오실 때
꽃잎 따라 오시라고

호박꽃

박재순

아침에 일어나
창밖을 내다보니
호박꽃이 활짝 피어
나를 바라보고 웃고 있다

저렇게 탐스러운 호박꽃을
호박꽃도 꽃이냐고
비아냥거렸던가
꽃도 피어 주고
잎도 내어 주고
열매도 맺어 주고
가을에 된서리가 내리면
어디서 숨었다가 나타난
잘 익은 탐스러운 노란 호박

어느 누가
호박꽃도 꽃이냐고
비아냥하였던가

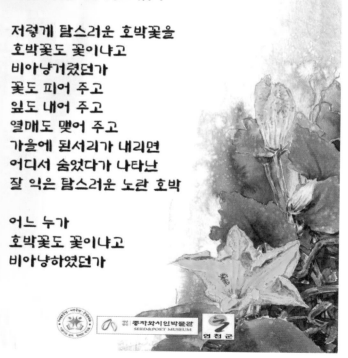

호박꽃

박 재 순

아침에 일어나
창밖을 내다보니
호박꽃이 활짝 피어
나를 바라보고 웃고 있다

저렇게 탐스런 호박꽃을
호박꽃도 꽃이냐고
비아냥거렸던가
꽃도 피어주고
잎도 내어주고
열매도 맺어주고
가을에 된서리가 내리면
어디서 숨었다가 나타난
잘 익은 탐스런 노란호박

어느 누가
호박꽃도 꽃이냐고
비아냥하였던가

한탄강

秀重 박하경

그곳에 비가 되어 서 있었다.
나무로, 바위로, 혹은 하늘로
정체를 바꾸어 하염없이 흘렀다.

나무로 서 있던 그는
침묵을 천둥으로 바꾸거나
적막한 퇴로를 열어
폐허를 꽃으로 꽃떨기로
남북의 간나새끼와 에미나이를 키워냈다
지리멸렬했던 역사의 뒤안을 온통 헤집어.

애벌레 집처럼 응축시킨
역사의 무심과 후회, 변수의 합을 풀어
평화의 시절을 도래시킬 참이다
포식자의 숨으로
서로의 적진 삼아 포효하며 저질렀던 함성
움켜쥔 산천어의 몸을 비우는 태동으로
울혈을 풀어내 은빛 비늘로 흘려내리라
세월을 참으로 치열하게 끌어왔다

기억이란 곳간은
쉽게 미화되거나 변질되는 것
지난하고 거칠었던 지난 것들을
달콤함의 변주로 거침없는 광활의 도돌이표를 그릴 테다
죄와 용서가 서성이다 원죄의 속박을 풀어
거대한 명징이 화해의 악수를 향해 진군할 것이다.

한탄강

秀重 박 하 경

그곳에 비가 되어 서 있었다.
나무로. 바위로. 혹은 하늘로
정체를 바꾸어 하염없이 흘렀다.

나무로 서 있던 그는
침묵을 천둥으로 바꾸거나
적막한 퇴로를 열어
폐허를 꽃으로 꽃떨기로
남북의 간나 새끼와 에미 나이를 키워냈다
지리멸렬했던 역사의 뒤안을 온통 헤집어.

애벌레 집처럼 응축시킨
역사의 무심과 후회, 변수의 합을 풀어
평화의 시절을 도래시킬 참이다
포식자의 숨으로
서로의 적진 삼아 포효하며 저질렀던 함성
움켜쥔 산천어의 몸을 비우는 태동으로
울혈을 풀어내 은빛 비늘로 흘려내리라
세월을 참으로 치열하게 끌어왔다

기억이란 곳간은
쉽게 미화되거나 변질되는 것
지난하고 거칠었던 지난 것들을
달콤함의 변주로 거침없는 광활의 도돌이표를 그릴 테다
죄와 용서가 서성이다 원죄의 속박을 풀어
거대한 명징이 화해의 악수를 향해 진군할 것이다.

시화전

백용태

구석기 국화 축제
수많은 인파 속에
당신에 환한 얼굴
여기서 뵙습니다
찬찬히
둘러 보시고
쉬었다 가십시오

향긋한 글 내음에
한 줄씩 읽다 보니
내 마음 빼앗긴 양
고개가 절로 끄덕
내 삶을
그려 놓은 듯
감명 받고 갑니다

종자와시인박물관
SEED&POET MUSEUM
연천군

시화전

백 용 태

구석기 국화 축제
수많은 인파 속에
당신에 환한 얼굴
여기서 뵙습니다
찬찬히
둘러보시고
쉬었다 가십시오

향긋한 글 내음에
한 줄씩 읽다 보니
내 마음 빼앗긴 양
고개가 절로 끄덕
내 삶을
그려 놓은 듯
감명 받고 갑니다

시동(始動)

송마루

시시동동始始動動
배가 아프다
지난밤에 야식 먹은 것을 후회했다

시원하게 똥을 싸면 세상이 훤하게 바뀔 것 같다
다시 출발점에 설 수 있겠다

갑갑한 일상을 훌훌 털어내고 자유를 맞이하고 싶다
가벼운 발돋움 그곳으로 향하려는 시동을 걸어보자

암흑도 지울 깔끔한 초심으로 돌아가자

시동 始動

송 마 루

시시동동 始始動動
배가 아프다
지난밤에 야식 먹은 것을 후회했다

시원하게 똥을 싸면 세상이 훤하게 바뀔 것 같다
다시 출발점에 설 수 있겠다

갑갑한 일상을 훌훌 털어내고 자유를 맞이하고 싶다
가벼운 발돋움 그곳으로 향하려는 시동을 걸어보자

암흑도 지울 깔끔한 초심으로 돌아가자

란타나 사랑

송미옥

뜨거운 햇살 아래
색색의 빛난 꽃잎
올망졸망
오묘한 색깔에
내 마음 온통 설렘으로
물들었네

한 나무에
다양한 환한 미소
발길을 붙잡는
팔색조 매력쟁이

너의 신비로운 향기
내 마음에 담으면
너처럼 나도 고와질까

란타나 사랑

송 미 옥

뜨거운 햇살 아래
색색의 빛난 꽃잎
올망졸망
오묘한 색깔에
내 마음 온통 설렘으로
물들었네

한 나무에
다양한 환한 미소
발길을 붙잡는
팔색조 매력쟁이

너의 신비로운 향기
내 마음에 담으면
너처럼 나도 고와질까

호미

신광순

연천 읍내 장터 대장간
짤막한 쇳덩어리 하나
풀무불 속 들락거리며
작은 몸 시뻘겋게 달구어지면
억센 팔뚝 대장장이에게
늘씬하게 두들겨 맞고
탁한 물속에 들어가 몸서리치다
적당한 모양새 만들어지면
부지런한 농부 손에 쥐어진다

보가산 기슭 흙을 긁어
자갈밭을 긁어
억센 풀포기 끌어올리며
뾰족한 날 뭉그러질 때까지
닳고
또 닳아야만 한다

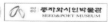

호미

신 광 순

연천읍내 장터 대장간
짤막한 쇳덩어리 하나
풀무불 속 들락거리며
작은 몸 시뻘겋게 달구어지면
억센 팔뚝 대장장이에게
늘씬하게 두들겨 맞고
탁한 물속에 들어가 몸서리치다
적당한 모양새 만들어지면
부지런한 농부 손에 쥐어진다

보가산 기슭 흙을 긁어
자갈밭을 긁어
억센 풀포기 끌어올리며
뾰족한 날 뭉그러질 때까지
닳고
또 닳아야만 한다

가을 아씨

산여울 신순희

볼수록 단아하고
편안한 아름다움

해맑은 아침 햇살
가을빛 물들이고

숭고한 한올 한올에
시선 끌린 실 국화

가을 아씨

산여울 신 순 희

볼수록 단아하고
편안한 아름다움

해맑은 아침 햇살
가을빛 물들이고

숭고한 한올 한올에
시선 끌린 실 국화

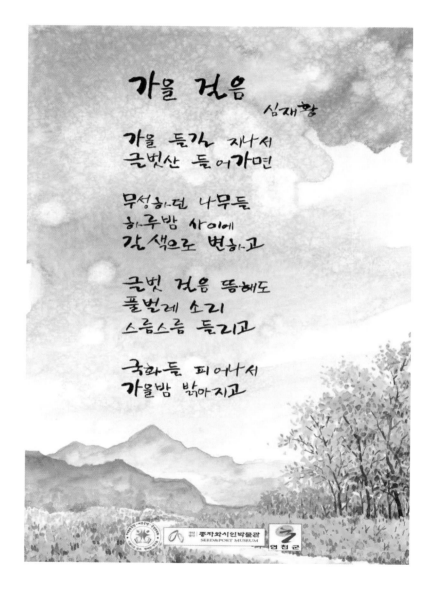

가을 걷음

심재황

가을 들가 지나서
금빗산 들어가면

무성하던 나무들
하루밤 사이에
갈색으로 변하고

금빗 걷음 뜸해도
풀벌레 소리
스름스름 들리고

국화들 피어나서
가을밤 밝아지고

가을 걸음

심 재 황

가을 들길 지나서
글벗산 들어가면

무성하던 나무들
하룻밤 사이에
갈색으로 변하고

글벗 걸음 뜸해도
풀벌레 소리
스름스름 들리고

국화들 피어나서
가을밤 밝아지고

국화 축제장

우정옥

빨강, 분홍, 노랑, 하얀 꽃잎들
무성한 초록 잎 호위를 받는다
햇살과 바람 타고 살랑살랑 춤추며
고상한 아름다움
수줍은 듯 고개 내민다

달빛 품어 밝힌 어두움
기다린 솟대에 은은한 향기
밤이슬 함초롬히
국화 꽃잎들 나부낀다

입가에는 꽃잎을 벌려
활짝 손 흔드는 웃음
사람들 가슴 깊이 스며들어
발걸음 멈추게 하는 국화 축제장

국화축제장

우 정 옥

빨강, 분홍, 노랑, 하얀 꽃잎들
무성한 초록 잎 호위를 받는다
햇살과 바람 타고 살랑살랑 춤추며
고상한 아름다움
수줍은 듯 고개 내민다

달빛 품어 밝힌 어두움
기다린 솟대에 은은한 향기
밤이슬 함초롬히
국화 꽃잎들 나부낀다

입가에는 꽃잎을 벌려
활짝 손 흔드는 웃음
사람들 가슴 깊이 스며들어
발걸음 멈추게 하는 국화 축제장

당포성 별빛 축제
원대식

어둠 속에 들려오는
별님들의 노랫소리

뜬눈으로 별을 보며
옛님 얼굴 그려보네

고슴도치 닮은 밤톨
한가위에 눈을 뜨면

조상님 전 제사상에
둥근 달님 기뻐할세

당포성에 빛나는 별
소원 나무 비춰지면

썬스타님 좋은 기운
나도 몰래 가져갈세

가슴속에 반짝이는
성스러운 아기 별님

은하수길 밝혀주는
길잡이가 되어질세

당포성 별빛 축제

원 대 식

어둠 속에 들려오는
별님의 노랫소리

뜬눈으로 별을 보며
옛님 얼굴 그려보네

고슴도치 닮은 밤톨
한가위에 눈을 뜨면

조상님 전 제사상에
둥근 달님 기뻐할세

당포성에 빛나는 별
소원 나무 비춰지면

썬스타님 좋은 기운
나도 몰래 가져갈세

가슴 속에 반짝이는
성스러운 아기 별님

은하수길 밝혀주는
길잡이가 되어질세

물망초 사랑/글꽃 윤소영

청량한 푸른 햇귀
선명한 별꽃 피니
조그만 몸짓마다
귀엽고 매력 넘친
그대는
청순 가련한
앙증맞은 내 사랑

여리고 멋스러운
물망초 오목조목
화단을 꽉 채우니
길동무 멈춰서네
불현듯
외치는 음성
나를 잊지 마세요

물망초 사랑

글꽃 윤 소 영

청량한 푸른 햇귀
선명한 별꽃 피니
조그만 몸짓마다
귀엽고 매력 넘친
그대는
청순가련한
앙증맞은 내 사랑

여리고 멋스러운
물망초 오목조목
화단을 꽉 채우니
길동무 멈춰서네
불현듯
외치는 음성
나를 잊지 마세요

국화향기

이 내 빈

아내가 국화 축제에 갔다가
노오란 꽃 한 다발을 가져왔다
화병에 꽂아놓고
갈대 몇 잎을 덧대니
늦가을 향기가 짙게 배어난다
덩달아 따라온 파란 하늘 한 자락이 펼쳐지고
가을이 온 방 안에 차고 넘친다

고향을 떠나온 꽃들이 뒤치락거리며
낯선 분위기에 들떠 수선거린다
흙냄새가 그리운 꽃들이
못 견디게 그리워할 고향을 생각하니
내 딴에는 미안한 생각이 들기도 하지만
아내 탓을 할 수도 없고,
그런 내 마음을 알기라도 하는 듯
밤새 뿜어내는 은근한 향이 한껏 푸근하다

국화 향기

이 내 빈

아내가 국화축제에 갔다가
노오란 꽃 한 다발을 가져왔다
화병에 꽂아 놓고
갈대 몇 잎을 덧대니
늦가을 향기가 짙게 배어난다
덩달아 따라온 파란 하늘 한 자락이 펼쳐지고
가을이 온 방안에 차고 넘친다

고향을 떠나온 꽃들이 뒤치락거리며
낯선 분위기에 들떠 수선거린다
흙냄새가 그리운 꽃들이
못 견디게 그리워할 고향을 생각하니
내 딴에는 미안한 생각이 들기도 하지만
아내 탓을 할 수도 없고,
그런 내 마음을 알기라도 하는 듯
밤새 뿜어내는 은근한 향이 한껏 푸근하다

시에 젖다
이대경시

남긴다
일렁이며 떠오름을
촉촉한 그리움
따뜻한 사랑이 되어
시낭송의 향긋이
그분의 삶을 느낀다.
그가와 하나가 되어
맞춤을 보낸다.
깨달음을 얻고
의지를 다지고
그리고 또 다른 시를 접하며
메아리친다
삶과 그리움이 가슴에서
군중의 가슴에 젖어들어

려송 옮겨 적다

시에 젖다

이 대 겸

그분의 시에 젖어 들어
사랑과 그리움이 가슴에서
메아리친다

그리고 또 다른 시를 접하며
의지를 다지고
깨달음을 얻고 미소를 보낸다

그 시와 하나가 되어
그분의 삶을 느낀다

시 낭송의 감동이
따뜻한 사랑이 되어
촉촉한 그리움 일렁이며 여운을 남긴다

국화 향기

광휘 이도영

국화 꽃잎 겹겹이
가을의 전령사
찬 이슬 맞아
더 싱그러운
용수철을 감아 뽑아낸
나비 부리 같아

종류도 다양한
그윽한 국화 향기
누구인들 나비가 되어
다가가고 싶지 않으랴

겹겹이 꽃잎 속에
새겨 놓은 사랑
향기가 되어
활짝 피어나
연천에 울려 퍼지는
국화 향기

국화 향기

광휘 이 도 영

국화 꽃잎 겹겹이
가을의 전령사
찬 이슬 맞아
더 싱그러운
용수철을 감아 뽑아낸
나비 부리 같아

종류도 다양한
그윽한 국화 향기
누구인들 나비가 되어
다가가고 싶지 않으랴

겹겹이 꽃잎 속에
새겨 놓은 사랑
향기가 되어
활짝 피어나
연천에 울려 퍼지는
국화 향기

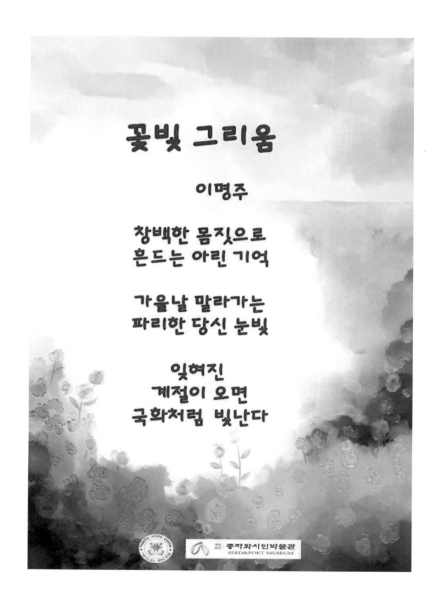

꽃빛 그리움

이명주

창백한 몸짓으로
흔드는 아린 기억

가을날 말라가는
파리한 당신 눈빛

잊혀진
계절이 오면
국화처럼 빛난다

꽃빛 그리움

시조 이 명 주, 그래픽디자인 채 은 지

창백한 몸짓으로
흔드는 아린 기억
가을날 말라가는
파리한 당신 눈빛
잊혀진
계절이 오면
국화처럼 빛난다

연천역 물탱크

이병조

물탱크 등대 삼아
두루미 철 따라 자유로이 오고 가건만
휴전선 보초는 누구를 위한 초병이란 말이냐

임진강은 유유히 흐르건만
탄흔은 아물지 못한 채
옛 자취 찾을 길 없어라

핏빛으로 얼룩져
가슴 저려 바라보던 물살
철모는 물 따라 흐르고,
돌고 도는 추억 담긴 빈 수통

여기서 북녘이 지척에 있건만
못 가는 신세
물 한 바가지 전할 길 없구나

연천역 물탱크

이 병 조

물탱크 등대 삼아
두루미 철 따라 자유로이 오고 가건만
휴전선 보초는 누구를 위한 초병이란 말이냐

임진강은 유유히 흐르건만
탄흔은 아물지 못한 채
옛 자취 찾을 길 없어라

핏빛으로 얼룩져
가슴 저려 바라보던 물살
철모는 물 따라 흐르고,
돌고 도는 추억 담긴 빈 수통

여기서 북녘이 지척에 있건만
못 가는 신세
물 한 바가지 전할 길 없구나

국화, 저 아리따운

이숙자

비 바람 천둥에도
고이 여민 노랑저고리

순결한 마음 지켜
환한 등불 밝혔는가

서리 속 그윽한 향기
온 들녘에 번지네

국화, 저 아리따운

이 숙 자

비바람 천둥에도
고이 여민 노랑 저고리

순결한 마음 지켜
환한 등불 밝혔는가

서리 속 그윽한 향기
온 들녘에 번지네

홀리다
연천, 유엔군 화장터에서

月影 이순옥

연천 숭의전을 찾아가는 길
잠깐의 잡담에도 스쳐 지나칠 그곳에
다 허물어져 가는 굴뚝이 손짓하며
나의 발걸음을 잡아끌었죠
폭우로 유실된 길
이젠 모기들만 세월을 피 빨아 모으는 그곳
정적에 휩싸여 매미 소리도 잠든 침묵의 숲
유엔군 화장터가 있더군요

이역만리를 날아와
처음 겪는 모든 일이 낯설고 힘들어서
원망하고 절망했을,
허름한 모포 위에 혼자 누워
알 수 없는 불안감에 밤새워 뒤척일 때도
누군가의 품에 안겨 마지막 숨을 쉬고 싶은데
당신의 세상이 산산조각이 나서 흩어지던 날

시선에도 온도가 있어
계절의 끝, 겨울에 멈춰버린 것만 같았던
그날처럼
예상치 못 한 일로 일상은
고장 나고 흔들리면서 인생이 비틀거리는 시간
인생이 아프고 부서지고 찢어졌던 날
격전의 서부전선, 그대에겐 더 이상
햇살 가득한 봄은 오질 않았죠

오늘 하루, 그대들 덕으로 행복합니다
그대들 영혼도 이제 비가 멎고
먹구름이 걷히길 빕니다
시간을 쏟아
눈부신 햇살옷을 입으소서

종자와시인박물관
SEED&POET MUSEUM
연천군

홀리다
- 연천, 유엔군 화장터에서

月影 이 순 옥

연천 숭의전을 찾아가는 길
잠깐의 잡담에도 스쳐 지나칠 그곳에
다 허물어져 가는 굴뚝이 손짓하며
나의 발걸음을 잡아끌었죠
폭우로 유실된 길 이젠
모기들만 세월을 피 빨아 모으는 그곳
정적에 휩싸여 매미 소리도 잠든 침묵의 숲
유엔군 화장터가 있더군요

이역만리를 날아와
처음 겪는 모든 일이 낯설고 힘들어서
원망하고 절망했을, 허름한 모포 위에 혼자 누워
알 수 없는 불안감에 밤새워 뒤척일 때도
누군가의 품에 안겨 마지막 숨을 쉬고 싶은데
당신의 세상이 산산조각 나서 흩어지던 날

시선에도 온도가 있어
계절의 끝, 겨울에 멈춰버린 것만 같았던
그날처럼 / 예상치 못 한 일로 일상은
고장 나고 흔들리면서 인생이 비틀거리는 시간
인생이 아프고 부서지고 찢어졌던 날
격전의 서부전선, 그대에겐 더 이상
햇살 가득한 봄은 오질 않았죠

오늘 하루, 그대들 덕으로 행복합니다
그대들 영혼도 이제 비가 멎고
먹구름이 걷히길 빕니다
시간을 쏟아 / 눈부신 햇살옷을 입으소서

가을꽃
도담 이양희

투명한 햇살
높고 푸른 하늘
두둥실 흰구름
자박자박
혼자 걷는 오솔길
수줍게 피어난 가을꽃
어서오라 손짓하며
나를 반기네
가을길 나들이에
가을꽃 환한 웃음
마음은 정겹고
발걸음은 가벼워라~

가을꽃

시, 손글씨 도담 이 양 희

투명한 햇살
높고 푸른 하늘
두둥실 흰구름
자박자박
혼자 걷는 오솔길
수줍게 피어난 가을꽃
어서 오라 손짓하네
가을길 나들이에
가을꽃 환한 웃음
마음은 정겹고
발걸음은 가벼워라

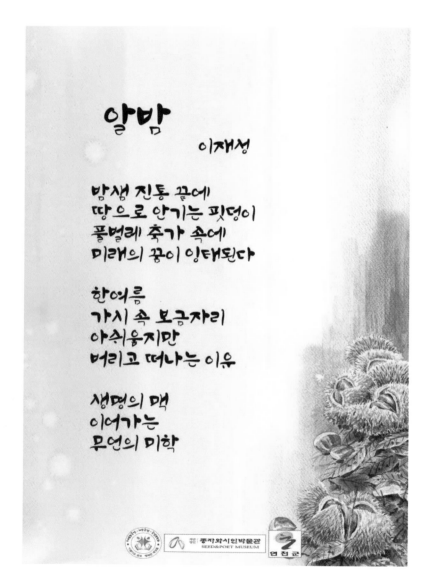

알밤

이재성

밤샘 진통 끝에
땅으로 안기는 핏덩이
풀벌레 축가 속에
미래의 꿈이 잉태된다

한여름
가시 속 보금자리
아쉬웁지만
버리고 떠나는 이유

생명의 맥
이어가는
무언의 미학

알밤

이 재 성

밤샘 진통 끝에
땅으로 안기는 핏덩이
풀벌레 축가 속에
미래의 꿈이 잉태된다

한여름
가시 속 보금자리
아쉬웁지만
버리고 떠나는 이유

생명의 맥
이어가는
무언의 미학

간당 간당한 그녀

아림 이정선

살얼음 판을 딛듯
조심조심 걸어가지만
백만불짜리 웃음으로
세상을 압도하는 그녀

바보인 듯 하지만
카리스마 넘치는 열정의끼 발산
강자엔 강하고
약자에겐 약한 그녀

카드 대금 날아올 즈음
간당간당 한 그녀이지만
씩 웃음 짓으며
이 정도쯤이야
가볍게 터치하는 마음

情은
온 데 간데없고 손익 계산 하는
기울어진 운동장일지언정

사과나무 한그루 심는다고
자신 있게 말하는 그녀

세상은 시들지 않고
뽀송뽀송 피어나고 있다

간당간당한 그녀

아림 이 정 선

살얼음판을 딛듯
조심조심 걸어가지만
백만 불짜리 웃음으로
세상을 압도하는 그녀

바보인 듯하지만
카리스마 넘치는 열정의 끼 발산
강자엔 강하고
약자에겐 약한 그녀

카드 대금 날아올 즈음
간당간당한 그녀이지만
씩 웃음 지으며
이 정도쯤이야
가볍게 터치하는 마음

정情은
온데간데없고 손익 계산하는
기울어진 운동장일지언정

사과나무 한 그루 심는다고
자신 있게 말하는 그녀

세상은 시들지 않고
뽀송뽀송 피어나고 있다

사진 이종갑시인

봉선화 사랑

시 만당 이 종 갑, 손글씨 려송 김 영 섭

금세 따뜻한 봄날
돌아오는데
한숨 푹 자고 일어나
빨강을 피워야 한단다
머슴이 늑장을 부리나
기침이 없다

톡 톡 노크를 기다립니다
함께 봉선화 사랑해주세요

참나리꽃

석향 이종덕

햇살에 닮구 어진
약싸한 그리움이

알알이 꽃잎 위에
새겨진 참나리꽃

주근깨
아름다워서
그대라고 부른다

 종자와시인박물관
SEED&POET MUSEUM

참나리꽃

석향 이 종 덕

햇살에 달구어진
알싸한 그리움이

알알이 꽃잎 위에
새겨진 참나리꽃

주근깨
아름다워서
그대라고 부른다

국화꽃 향기

향경 임경숙

살랑이는
갈바람 타고 와
발길 멈추게 하는
그윽한 국화 향기

파란 고향 들판
봄쑥이 그리워
고소한 콩고물에
감춰진 쑥 향기
어머니의 손맛
그 쑥떡 향기 닮았네

그리운 어머니
얼굴 닮아보는
가을꽃의 주인공

진한 향기에 묻혀
고향의 그리움
옛 추억에 젖어보네

국화꽃 향기의
이별의 아쉬움에
만추의 찬서리는
아직 더 멀리서
기다리라 전하네

  종자와시인박물관
SEED&POET MUSEUM
연천군

국화꽃 향기

향경 임 경 숙

살랑이는
갈바람 타고 와
발길 멈추게 하는
그윽한 국화 향기

파란 고향 들판
봄쑥이 그리워
고소한 콩고물에
감춰진 쑥 향기
어머니의 손맛
그 쑥떡 향기 닮았네

그리운 어머니
얼굴 담아 보는
가을꽃의 주인공

진한 향기에 묻혀
고향의 그리움
옛 추억에 젖어보네

국화꽃 향기의
이별의 아쉬움에
만추의 찬서리는
아직 더 멀리서
기다리라 전하네

국화 예찬

임 재 화

밤새 찬 이슬 내려앉아서
아침 햇살에 빛나는 꽃잎의 모습
괜스레 가슴이 설렙니다.

살짝 벙글어지는 꽃송이
오히려 수줍음이 가득한 듯
다소곳이 고개 숙이고

찬 바람이 불어와도
웃음 짓는 꽃송이가 고상하여라
절로 품위가 넘쳐흐릅니다.

새벽녘에 매서운 바람과
얼음장 같은 찬 서리 내려도
오직 홀로 꼿꼿이 피어서

아무런 말 하나 없어도
온몸으로 절개와 지조의 꽃향기
온 누리에 가득합니다

종자와시인박물관
SEED&POET MUSEUM

연천군

국화 예찬

임 재 화

밤새 찬 이슬 내려앉아서
아침 햇살에 빛나는 꽃잎의 모습
괜스레 가슴이 설렙니다.

살짝 벙글어지는 꽃송이
오히려 수줍음이 가득한 듯
다소곳이 고개 숙이고

찬 바람이 불어와도
웃음 짓는 꽃송이가 고상하여라
절로 품위가 넘쳐흐릅니다.

새벽녘에 매서운 바람과
얼음장 같은 찬 서리 내려도
오직 홀로 꼿꼿이 피어서

아무런 말 하나 없어도
온몸으로 절개와 지조의 꽃향기
온 누리에 가득합니다.

가을길

임효숙

가을길이 예쁘다
낙엽이 쌓인 길을
그리움 앞세워 걷는다

걷다가
그 어디쯤에서
그대를 만났으면 좋겠다

나만큼 그리웠다며
기다림 속에서 달려나올 그대!
그대를 기다리며 걷는다-

종자와시인박물관
SEED&POET MUSEUM

Yanghee's©

가을길

시 임 효 숙, 손글씨 도담 이 양 희

가을길이 예쁘다
낙엽이 쌓인 길을
그리움 앞세워 걷는다
걷다가
그 어디쯤에서
그대를 만났으면 좋겠다
나만큼 그리웠다며
기다림 속에서 달려나올 그대!
그대를 기다리며 걷는다

들국화 송이송이

장기숙

노란 네 꽃잎 속엔
바람이 들어있어

켜켜이 밀려오는
파랑도 들어있지

꽃들은
용서했구나
향기로 덮었구나

들국화 송이송이

장 기 숙

노란 네 꽃잎 속엔
바람이 들어있어

켜켜이 밀려오는
파랑도 들어있지

꽃들은
용서했구나
향기로 덮었구나

두 번째 봄

전해룡

꽃샘추위 뚫고
봄비 맞으며 태어나

이글거리는 태양과
폭염을 집어삼키고

가을 앞에서
꽃이 되었다

모든 잎이 물드는
가을은 두 번째 봄

종자와시인박물관
SEED&POET MUSEUM

두 번째 봄

전 해 룡

꽃샘추위 뚫고
봄비 맞으며 태어나

이글거리는 태양과
폭염을 집어삼키고

가을 앞에서
꽃이 되었다

모든 잎이 물드는
가을은 두 번째 봄

소국(小菊) 앞에서

전현하

새잎은 일찍 나서 꽃은 왜 늦게 피나
굳세고 곧은 자태 온몸으로 지키며
찬서리 아랑곳 않고
하늘보고 피었다

모두들 떠나는데 홀로이 피어나서
청명한 하늘에 향기를 흩뿌린다
티 없이 순수한 색은
하늘의 뜻이련가

소복히 핀 꽃이 떨어지지 않는 것은
죽어도 변치 않는 곧은 절기 때문이다
보내고 그리운 정이
어머니로 피는 꽃

소국小菊 앞에서

전 현 하

새잎은 일찍 나서 꽃은 왜 늦게 피나
굳세고 곧은 자태 온몸으로 지키며
찬서리 아랑곳 않고
하늘 보고 피었다

모두들 떠나는데 홀로이 피어나서
청명한 하늘에 향기를 흩뿌린다
티 없이 순수한 색은
하늘의 뜻이런가

소복이 핀 꽃이 떨어지지 않는 것은
죽어도 변치 않는 곧은 절기 때문이다
보내고 그리운 정이
어머니로 피는 꽃

폭포의 희망

정명재

물 흐름의 붕괴, 사망
산산이 흩어지고 무너져 내리며
철저히 파괴되는 모습,
단절의 아픔으로
굉음을 내서 소리 질러 통곡하며
고통의 눈물로 범벅이 되어 운다

차원을 달리하는 물의 위치변화,
파괴를 통한 새로운 운명의 창조
헤쳐 모임을 통한 격랑 속
산소공급, 물보라 물안개
죽음을 통해 다시 피는
꽃이기에 거 신기하고 아름답다

현실, 순간의 파괴를 통한
재조합 재정립의 과정을
적나라하게 보여주는 폭포는
무엇이라고 말 할 수 없는 동질감의
신선함과 삶에 대한 의지에
새로운 힘이 되어주는 희망이다

폭포의 희망

정 명 재

물 흐름의 붕괴, 사망
산산이 흩어지고 무너져 내리며
철저히 파괴되는 모습,
단절의 아픔으로
굉음을 내서 소리 질러 통곡하며
고통의 눈물로 범벅이 되어 운다

차원을 달리하는 물의 위치변화,
파괴를 통한 새로운 운명의 창조
헤쳐 모임을 통한 격랑 속
산소공급, 물보라 물안개
죽음을 통해 다시 피는
꽃이기에 거 신기하고 아름답다

현실, 순간의 파괴를 통한
재조합 재정립의 과정을
적나라하게 보여주는 폭포는
무엇이라고 말 할 수 없는 동질감의
신선함과 삶에 대한 의지에
새로운 힘이 되어주는 희망이다

무궁화꽃이 피었습니다

조경애

파리 올림픽
싸움의 기술

총, 칼, 화살, 주먹, 역도
이겼다

위대한 자궁의 힘
엄마꽃이 피었다

땀과 눈물
해바라기꽃 피었다

매달 32개, 8위
무궁화꽃 활짝 피었다

무궁화꽃이 피었습니다

조 경 애

파리 올림픽
싸움의 기술

총, 칼, 화살, 주먹, 역도
이겼다

위대한 자궁의 힘
엄마꽃이 피었다

땀과, 눈물
해바라기꽃 피었다

매달 32개, 8위
무궁화꽃 활짝 피었다

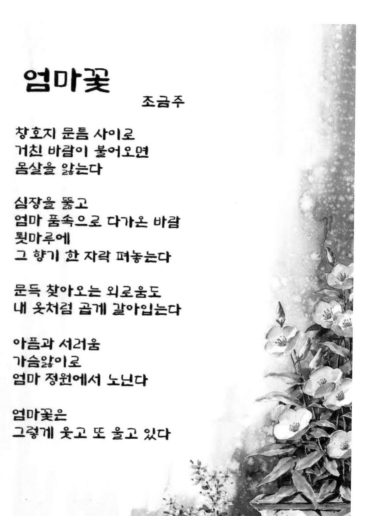

엄마꽃

조금주

창호지 문틈 사이로
거친 바람이 불어오면
몸살을 앓는다

심장을 뚫고
엄마 품속으로 다가온 바람
툇마루에
그 향기 한 자락 펴놓는다

문득 찾아오는 외로움도
내 옷처럼 곱게 갈아입는다

아픔과 서러움
가슴앓이로
엄마 정원에서 노닌다

엄마꽃은
그렇게 웃고 또 울고 있다

엄마꽃

조 금 주

창호지 문틈 사이로
거친 바람이 불어오면
몸살을 앓는다

심장을 뚫고
엄마 품속으로 다가온 바람
툇마루에
그 향기 한 자락 펴놓는다

문득 찾아오는 외로움도
내 옷처럼 곱게 갈아입는다

아픔과 서러움
가슴앓이로
엄마 정원에서 노닌다

엄마꽃은
그렇게 웃고 또 울고 있다

행복의 보금자리

예담 조금주

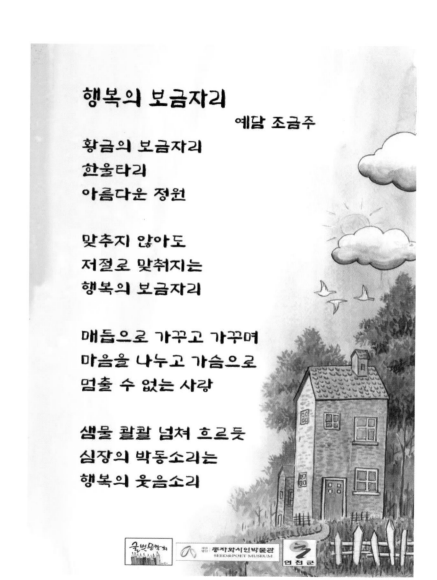

황금의 보금자리
한울타리
아름다운 정원

맞추지 않아도
저절로 맞춰지는
행복의 보금자리

매듭으로 가꾸고 가꾸며
마음을 나누고 가슴으로
멈출 수 없는 사랑

샘물 콸콸 넘쳐 흐르듯
심장의 박동소리는
행복의 웃음소리

행복의 보금자리

시 예담 조 금 주

황금의 보금자리
한 울타리
아름다운 정원

맞추지 않아도
저절로 맞춰지는
행복의 보금자리

매듭으로 가꾸고 가꾸며
마음을 나누고 가슴으로
멈출 수 없는 사랑

샘물 콸콸 넘쳐 흐르듯
심장의 박동 소리는
행복의 웃음소리

가을

조남권

온 줄은 알았지

산 중턱 산초나무에
바람 타고 온 줄
구름 타고 온 줄
햇살이 걸쳐 있는 줄
몰랐어라

나무와 나무들 수줍게 다가와
곱게 물들고 포근히 안겨

너도 물들고
나도 물들고
점점 더 붉어져

어느새 가슴까지 발갛게 번져
이렇게 타오르는 줄

가을

조 남 권

온 줄은 알았지

산 중턱 산초나무에
바람 타고 온 줄
구름 타고 온 줄
햇살이 걸쳐 있는 줄
몰랐어라

나무와 나무들 수줍게 다가와
곱게 물들고 포근히 안겨

너도 물들고
나도 물들고
점점 더 붉어져

어느새 가슴까지 발갛게 번져
이렇게 타오르는 줄

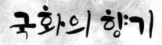

국화의 향기

조인형

저 넓은 들판에
웃는 얼굴처럼 윙크하며
춤을 추는 소녀처럼
꽃을 피우니
가을이로구나

가을이 오면
너는 혈기 왕성한
청춘의 꽃이 피지만
가을이 오면
나의 머리는
흰 꽃이 애처롭게 피는구나

가을이 익어갈수록
너는 국화향기 짙어지지만
가을이 익어갈수록
내 손에 지팡이도
네가 잘 났다고 우쭐거리는구나

종자와시인박물관
SEED&POET MUSEUM

합천군

국화의 향기

조 인 형

저 넓은 들판에
웃는 얼굴처럼 윙크하며
춤을 추는 소녀처럼
꽃을 피우니
가을이로구나

가을이 오면
너는 혈기 왕성한
청춘의 꽃이 피지만
가을이 오면
나의 머리는
흰 꽃이 애처롭게 피는구나

가을이 익어갈수록
너는 국화 향기 짙어지지만
가을이 익어갈수록
내 손에 지팡이도
네가 잘 났다고 우쭐거리는구나

코스모스

조태원

좁은 길 터덜터덜 걷다가 얼핏 옆을 쳐다보니
사르르 사르르 날아서 흔들리는 바람 줄기에도
꺾일까 화들짝 놀라는 피는 꽃과 지는 꽃이 있더라

언제부터 따라왔나, 신비한 마음에
나는 옅은 미소로 코스모스 반기어 주고

줄기를 꺾었더니 내 손바닥 초록빛으로 물들고
꽃을 만졌더니 손등에 분홍빛 감돌더라
조심스레 쓰다듬으니
내 옆에서 살포시 잠에 빠지더라
그렇게 넌 말없이 내 곁을 걷고 있더라

조용히 내 그림자 바라보면서

종자와시인박물관
SEED&POET MUSEUM
연천군

코스모스

조 태 원

좁은 길 터덜터덜 걷다가 얼핏 옆을 쳐다보니
사르르 사르르, 날아 흔들리는 바람 줄기에도
꺾일까 화들짝 놀라는 피는 꽃과 지는 꽃이 있더라

언제부터 따라왔나, 신비한 마음에
나는 옅은 미소로 코스모스 반기어 주고

줄기를 꺾었더니 내 손바닥 초록빛으로 물들고
꽃을 만졌더니 손등에 분홍빛 감돌더라
조심스레 쓰다듬으니
내 옆에서 살포시 잠에 빠지더라
그렇게 넌 말없이 내 곁을 걷고 있더라

조용히 내 그림자 바라보면서

가을 붓질

조현상

황금빛 달려온다 무더위 수굿하니
창가에 소슬바람 국화꽃 싱긋 웃는
아직은
서릿발 참는
사과 빛깔 구시월

파란 하늘 위에 나래 편 고추잠자리
입에 문 붉은 물감 붓질이 노련한 건
이 가을
살찌게 하는
시, 한 수 쓰는 거다

붉게 탄 산마루에 기러기 떼 높이 날고
밤새워 가을 빚는 귀뚜리 우는 소리
고향 집
머물던 얼굴
석양빛에 우련하다.

가을 붓질

조 현 상

황금빛 달려온다 무더위 수긋하니
창가에 소슬바람 국화꽃 싱긋 웃는
아직은
서릿발 참는
사과 빛깔 구시월

파란 하늘 위에 나래 편 고추잠자리
입에 문 붉은 물감 붓질이 노련한 건
이 가을
살찌게 하는
시, 한 수 쓰는 거다

붉게 탄 산마루에 기러기 떼 높이 날고
밤새워 가을 빚는 귀뚜리 우는소리
고향 집
머물던 얼굴
석양빛에 우련하다.

사랑고백

시조 글벗 최봉희

먼 훗날 물이 되고
흐르는 바람되어
비로소 마음소리
가슴에 일렁일때
내 사랑
그대를 향해
꽃 피었다 말하리

어둠속 바라보다
마주친 별빛 처럼
가슴에 작은 별이
오롯이 빛날때에
그대만
보고싶다고
눈부시게 말하리

사랑 고백

시조 글벗 최 봉 희, 손글씨 도담 이 양 희

먼 훗날 물이 되고
흐르는 바람 되어
비로소 마음 소리
가슴에 일렁일 때
내 사랑
그대를 향해
꽃피었다 말하리

어둠 속 바라보다
마주친 별빛처럼
가슴에 작은 별이
오롯이 빛날 때에
그대만
보고싶다고
눈부시게 말하리

호박꽃

글벗 최봉희

태양 쏜 사랑 햇살
호박꽃에 꽂혔네
바르르 몸을 떨듯
마침내 꽃잎 열고
아, 우리
어떡하지요
노랑각시 부끄럼

호박벌 날아들어
꽃잠을 자더니만
어느덧 입덧 시작
애호박 낳았네요.
아, 이제
우리 어떡해
아침 오면 다 알턴데

호박꽃

글벗 최 봉 희

태양 쏜 사랑 햇살
호박꽃에 꽂혔네
바르르 몸을 떨듯
마침내 꽃잎 열고
아, 우리
어떡하지요
노랑각시 부끄럼

호박벌 날아들어
꽃잠을 자더니만
어느덧 입덧 시작
애호박 낳았네요.
아, 이제
우리 어떡해
아침 오면 다 알텐데

이파리

瑞洲 최성용

삼복더위 그늘에 할머니들
고구마 순을 다듬고 있다
줄기의 껍질을 벗기며
시든 잎은 버린다

지난 시간 깜깜한 땅속에서
씨가 싹을 피우고 장마에 쓰러진다
천둥 벼락에 놀라 일어났던 잎사귀
손바닥만 한 그늘에서 굽은 등을 일으켰다

시장바닥 노점
줄기는 묶어 상품으로 내어놓고
잎은 시들어 바닥에 뒹군다

존재를 알아주지 않는 기억
땅집고 일어났던 시간
예전에 살아왔던 내 모습 닮았다

이파리

瑞洲 최 성 용

삼복더위 그늘에 할머니들
고구마 순을 다듬고 있다
줄기의 껍질을 벗기며
시든 잎은 버린다

지난 시간 깜깜한 땅속에서
씨가 싹을 피우고 장마에 쓰러진다
천둥 벼락에 놀라 일어났던 잎사귀
손바닥만 한 그늘에서 굽은 등을 일으켰다

시장바닥 노점
줄기는 묶어 상품으로 내어놓고
잎은 시들어 바닥에 뒹군다

존재를 알아주지 않는 기억
땅집고 일어났던 시간
예전에 살아왔던 내 모습 닮았다

국화 향을 마시며

최인섭

하늘이 내린 이슬을 먹고
맑고 고운 우주의 향기 품었네.

별을 세다세다 잠이 들면
바람에 실려 온 청아한 목소리
아련히 들려오고

이주하여 착근한 땅
어미 품 그리워 밤마다
하늘 바라보며 이슬에 젖곤 했다오.

시들시들 말라가다가도
별 뜨는 밤이면 찬이슬로 생기 얻고
가끔 내리는 비로 목축이곤 하지요

이렇게 기다리다 말라간 세월
내 분신이라도 보시려거든
당신의 뜨거운 눈물 쏟아 부은 뒤
환생하는 내 모습 보시구려.

기다리다 응축되어 말라간 세월
당신을 향한 비련의 향기 토해 내리다
영혼의 키스라도 해 주시구려

종자와시인박물관
SEEDS POET MUSEUM
영천군

국화 향을 마시며

최 인 섭

하늘이 내린 이슬을 먹고
맑고 고운 우주의 향기 품었네.
별을 세다 세다 잠이 들면
바람에 실려 온 청아한 목소리
아련히 들려오고

이주하여 착근한 땅
어미 품 그리워 밤마다
하늘 바라보며 이슬에 젖곤 했다오.

시들시들 말라가다가도
별 뜨는 밤이면 찬이슬로 생기 얻고
가끔 내리는 비로 목축이곤 하지요

이렇게 기다리다 말라간 세월
내 분신이라도 보시려거든
당신의 뜨거운 눈물 쏟아 부은 뒤
환생하는 내 모습 보시구려.

기다리다 응축되어 말라간 세월
당신을 향한 비련의 향기 토해 내리다
영혼의 키스라도 해 주시구려

라벤더의 꿈

바보 최 정 식

기다란 꽃대 위
작고 타원형의 꽃망울은 옹기종기
매달리는 흔들림
보랏빛 향기의 이삭 일색이다.

부드러움 상쾌한 느낌
깨끗한 향으로 소문이 난
청결한 이미지 집안 곳곳
자리 잡아 불쾌한 냄새를 차단한다.

라벤더는 진정제 역할
침묵 여자의 정절 나에게 대답하세요
왕자와 공주의 애틋한 사랑이 담긴 꽃

유월의 꽃이 된 라벤더
사랑한다고 대답을 못 하고
전쟁터에서 전사한 왕자 따라
죽음을 선택한 정절의 꽃이 되었다.

보랏빛 향기의 노래처럼
예쁘게 핀 라벤더 엽서 하나에
사랑하는 사람에게 편지를 써서 띄우는 시간

보랏빛 물결 일렁이는 향기
라벤더 꽃밭을 찾아 그녀의 손을 잡고 둘이 걷는
한적하고 편안한 꽃길 라벤더의 꿈 찾아 떠나보렴

종자와시인박물관
SEEDNPOET MUSEUM
인제군

라벤더의 꿈

바보 최 정 식

기다란 꽃대 위
작고 타원형의 꽃망울은 옹기종기
매달리는 흔들림
보랏빛 향기의 이삭 일색이다.

부드러움 상쾌한 느낌
깨끗한 향으로 소문이 난
청결한 이미지 집안 곳곳
자리 잡아 불쾌한 냄새를 차단한다.

라벤더는 진정제 역할
침묵 여자의 정절 나에게 대답하세요
왕자와 공주의 애틋한 사랑이 담긴 꽃

유월의 꽃이 된 라벤더
사랑한다고 대답을 못 하고
전쟁터에서 전사한 왕자 따라
죽음을 선택한 정절의 꽃이 되었다.

보랏빛 향기의 노래처럼
예쁘게 핀 라벤더 엽서 하나에
사랑하는 사람에게 편지를 써서 띄우는 시간

보랏빛 물결 일렁이는 향기
라벤더 꽃밭을 찾아 그녀의 손을 잡고 둘이 걷는
한적하고 편안한 꽃길 라벤더의 꿈 찾아 떠나보렴

국화열차 타러 가는 날

바보 최 정 식

매미 고추잠자리 잡는 채
한탄강에 두리올 낚싯대 족대도 없으나
마음은 두둥실
세 살배기 지팡이 휠체어 사람 다함께 한다.

한탄강 전곡리 유적지
너른 공원 마당 가을 찾는 구경꾼 인산인해
발길 잡아 머물게 하고 가을 잡아두려 그림 그린다.

서울에서 연천까지 1호선 국화열차
국화 터널 지나 연천 생산 사과 대추 식자재 사람들 모여
가게 돌며 사과 대추 칡즙까지 연천 향기 상큼하다

빨강 노랑 하얀 보랏빛 향기
뽀송뽀송 향기 나는 국화꽃밭 모형 앞에서
배우 하트 화이팅 가위바위보 예쁜 표정 빛이 난다.

시화에 발길 멈추고
한 올 한 올 읽어 내리며 마음의 양식도 쌓고
예쁜 시화 엽서 사랑의 마음 글 쓰고 파발 띄운다.

연천 전곡리 유적지
국화꽃 시화전 국화 열차 두고 돌아오는 길
웃음꽃 사랑꽃으로 지긋이 저녁노을 피기 시작한다

국화열차 타러 가는 날

바보 최 정 식

매미 고추잠자리 잡는 채
한탄강에 두리울 낚싯대 족대도 없으나 마음은 두둥실
세 살배기 지팡이 휠체어 사람 다함께 한다.

한탄강 전곡리 유적지
너른 공원 마당 가을 찾는 구경꾼 인산인해 발
길 잡아 머물게 하고 가을 잡아두려 그림 그린다.

서울에서 연천까지 1호선 국화 열차
국화 터널 지나 연천 생산 사과 대추 식자재 사람들 모여
가게 돌며 사과 대추 칡즙까지 연천 향기 상큼하다.

빨강 노랑 하얀 보랏빛 향기
뽀송뽀송 향기 나는 국화꽃밭 모형 앞에서
배우 하트 파이팅 가위바위보 예쁜 포즈 빛이 난다.

시화에 발길 멈추고
한 올 한 올 읽어 내리며 마음의 양식도 쌓고
예쁜 시화 엽서 사랑의 마음 글 쓰고 파발 띄운다.

연천 전곡리 유적지
국화꽃 시화전 국화 열차 두고 돌아오는 길
웃음꽃 사랑꽃으로 지긋이 저녁노을 피기 시작한다.

아름다운 글로 행복한 세상을

제11회

글벗시화전

- 일 시 -

2024.01.01.(월) ~ 2024.12.31.(화)

- 1차 3개월간 2024.01.01.(월) ~ 2024.03.31.(일)
- 2차 3개월간 2024.04.01.(월) ~ 2024.06.30.(일)
- 3차 3개월간 2024.07.01.(월) ~ 2024.09.30.(월)
- 4차 3개월간 2024.10.01.(화) ~ 2024.12.31.(화)

장소 | 종자와 시인 박물관 시비공원

(경기도 연천군 연천읍 현문로 433-27)

- 행 사 일 -

- 봄 3.30.(토) 11:00, 여름 6.29.(토) 11:00
- 가을 9.28.(토) 11:00, 겨울 12.28.(토) 11:00

행사 내용

* 글벗문학회 200여 명의 시화 작품 전시와

* 신인문학상 시상식과 출판기념회 행사

문의 | 010-2442-1466 주최 | 계간 글벗 글벗문학회 도서출판 글벗
(글벗문학회 회장 최봉희)

제3부

2024년

글벗시화전 시화 작품

봄

시조 김의순
소금씨 이양희

볕바른 언덕배기 어느덧 촉촉하게
취기로 주저앉고 바다는 진주빛갈
두르고 춤사위라도 추누듯한 잔물결

산너머 어디쯤에 하늘땅이 만나길래
하늘엔 뭇새들이 저리도 바삐 날까
바람에 물어오는 꽃향기여 꿈이여

― 1983년 월간여성중앙 발표

봄

시조 김 의 순, 손글씨 도담 이 양 희

볕 바른 언덕배기 어느덧 촉촉하게
취기로 주저 앉고 바다는 진주 빛깔
두르고 춤사위라도 추는 듯한 잔물결

산 너머 어디 쯤에 하늘 땅이 만나길래
하늘엔 뭇새들이 저리도 바삐 날까
바람에 묻어오는 꽃향기여 꿈이여

- 1983년 월간 여성중앙 발표

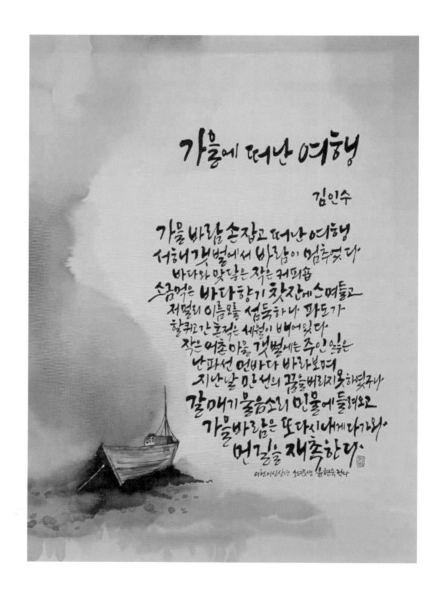

가을에 떠난 여행

김인수

가을 바람 손잡고 떠난 여행
서해갯벌에서 바람이 멈추었다
바다와 맞닿은 작은 커피숍
소금먹은 바다향기 찻잔에 스며들고
저멀리 이름모를 섬득하나 파도가
할퀴고간 흔적은 세월이 배어있다
작은 어촌마을 갯벌에는 주인잃은
난파선 먼바다 바라보며
지난날 만선의 꿈을 버리지못하였구나
갈매기 울음소리 인물에 들려오고
가을바람은 또다시 내게다가와
먼길을 재촉한다

어천이심상인 초대전에성 윤현숙 적다

가을에 떠난 여행

시 김 인 수, 손글씨 윤 현 숙

가을바람 손잡고 떠난 여행
서해 갯벌에서 바람이 멈추었다

바다가 맞닿은 작은 커피숍
소금 먹은 바다 향기 찻잔에 스며들고
저 멀리 이름 모를 섬둑 하나
파도가 할퀴고 간 흔적은 세월이 배어 있다

작은 어촌마을 갯벌에는
주인 잃은 난파선
먼바다 바라보며
지난날 만선의 꿈을 버리지 못하였구나

갈매기 울음소리 민물에 들려오고
가을바람은 또다시 내게 다가와
먼 길을 재촉한다

오는 春이 가는 冬이

김재기

봄님이 오심을
시샘이나 하듯
밤새 밉지 않게 내린 눈

오늘 따라
갈길 재촉하는지
낙수되어 떨어지는 눈물
아쉬움일까?

눈부신 설경은
감동과 하얀 기쁨을 주고
떠나려는 뒷모습조차
아름답구나

다음에 우리 다시 만나는 날
나도 하얀 옷 차례입고
하얀 너를 마중하리라

오는 춘春이 가는 동冬이

김 재 기

봄님이 오심을
시샘이나 하듯
밤새 밉지 않게 내린 눈

오늘 따라
갈길 재촉하는지
낙수되어 떨어지는 눈물
아쉬움일까?

눈부신 설경은
감동과 하얀 기쁨을 주고
떠나려는 뒷모습조차
아름답구나

다음에 우리 다시 만나는 날
나도 하얀 옷 차려입고
하얀 너를 마중하리라

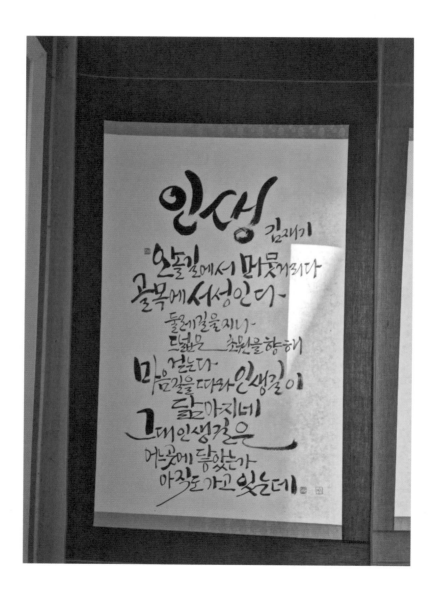

인생

시 김 재 기, 손글씨 백련 허 정 아

오솔길에서 머뭇거리다
골목에 서성인다

둘레길을 지나
드넓은 초원을 향해
걷는다

마음 길을 따라
인생길이 닳아지네

그대 인생길은
어느 곳에 닿았는가

나도 꽃이 되고 싶다
시 김정숙

아침마다
창문을 여니
베란다 끝에 라일락 꽃이
활짝 웃고 있다.

그리고
진한 향기로 다가와
내 안으로 스며든다.

나도 꽃이 되고 싶다
수수꽃다리 향기가
그대 찾아 나서자고
내 마음을 이끈다.

Yanghee

나도 꽃이 되고 싶다

시 김 정 숙, 손글씨 도담 이 양 희

아침이다
창문을 여니
베란다 끝에 라일락꽃이
활짝 웃고 있다

그리고
진한 향기로 다가와
내 안으로 스며든다

나도 꽃이 되고 싶다
수수꽃다리 향기가
그대 찾아 나서자고
내 마음을 이끈다.

메리골드 꽃

시 김정숙
손글씨 이양희

장독대 품에 기대어
살포시 핀 메리골드 꽃
파란 하늘 아래
두팔 벌려 햇살을 머금고
그윽한 꽃향기와
감미로운 맛으로
색깔 고운 꽃잎차로의
여행을 시작한다

사랑을 머금은 그리운 엄마품
따뜻하고 온화 한
햇살 같은 엄마의 미소
메리골드 꽃차 한잔
마시는 날은
그리운 엄마를
만나는 시간여행

메리골드꽃

시 김 정 숙, 손글씨 도담 이 양 희

장독대 품에 기대어
살포시 핀 메리골드꽃
파란 하늘 아래
두 팔 벌려 햇살을 머금고
그윽한 꽃 향기와
감미로운 맛으로
색깔 고운 꽃잎차로의
여행을 시작한다

사랑을 머금은 그리운 엄마품
따뜻하고 온화한
햇살같은 엄마의 미소
메리골드 꽃차 한잔
마시는 날은
그리운 엄마를
만나는 시간 여행

친구

김주식

예쁜 옷을 입었구나

매서운 추위에 견디겠나 싶었는데
더 아름다운 옷이네

옆에 모르는 친구도 데리고 왔구나
좀 외로웠나 보네

그래

도란도란 속삭이며
찾아오는 모든 친구들에게
웃음과 희망을 주는 네가
진정한 희망의 등이야
고맙네 친구

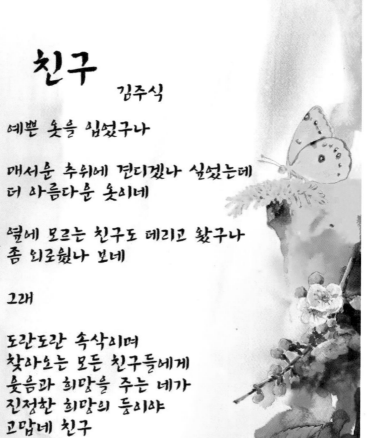

친구

김 주 식

예쁜 옷을 입었구나

매서운 추위에 견디겠나 싶었는데
더 아름다운 옷이네

옆에 모르는 친구도 데리고 왔구나
좀 외로웠나 보네

그래

도란도란 속삭이며
찾아오는 모든 친구들에게
웃음과 희망을 주는 네가
진정 희망의 등이야
고맙네 친구

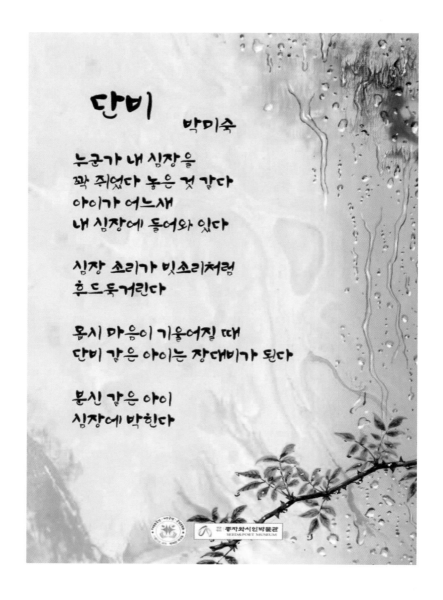

단비

박미숙

누군가 내 심장을
꽉 쥐었다 놓은 것 같다
아이가 어느새
내 심장에 들어와 있다

심장 소리가 빗소리처럼
후드둑거린다

몹시 마음이 기울어질 때
단비 같은 아이는 장대비가 된다

분신 같은 아이
심장에 박힌다

단비

박 미 숙

누군가 내 심장을
꽉 쥐었다 놓은 것 같다
아이가 어느새
내 심장에 들어와 있다

심장 소리가 빗소리처럼
후드득거린다

몹시 마음이 기울어질 때
단비 같은 아이는 장대비가 된다

분신 같은 아이
심장에 박힌다

방황

박미숙

쏟아지는 햇살
느낌도 없이 눈부시다

차창 너머 바깥세상
오늘도 내일도
오고가는 소란은 여전하겠지

나 또한
회색 도시를 맴돌며
방황 할 테고

고단한 오늘도
누군가 다가선다 그리움으로
먼저 떠난 님일까

어느새 종착역이 그립다

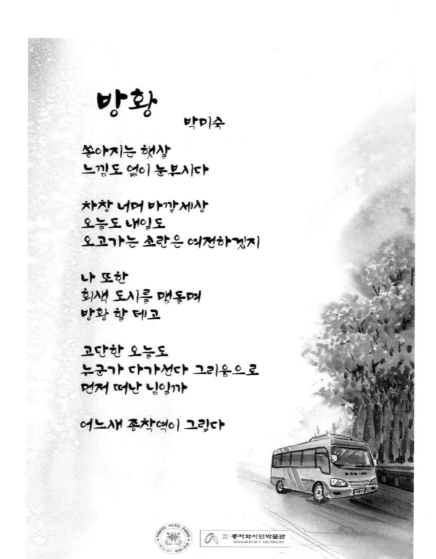

방황

박 미 숙

쏟아지는 햇살
느낌도 없이 눈부시다

차창 너머 바깥세상
오늘도 내일도
오고가는 소란은 여전하겠지

나 또한
회색 도시를 맴돌며
방황 할 테고

고단한 오늘도
누군가 다가선다 그리움으로
먼저 떠난 님일까

어느새 종착역이 그립다

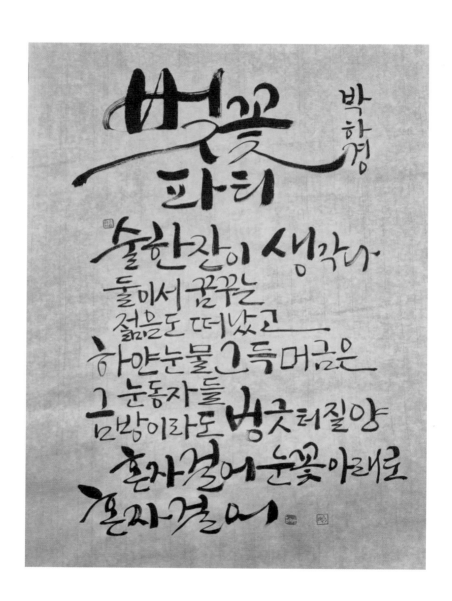

벚꽃 박하경

벚꽃
파티

술한잔이 생각나
둘이서 꿈꾸는
젊음도 떠났고
하얀눈물 그득머금은
그 눈동자들
금방이라도 벙긋터질양
혼자결에 눈꽃아래로
혼자결에

벚꽃 파티

시 박 하 경, 손글씨 백련 허 정 아

술 한잔이 생각나
둘이서 꿈꾸는
젊음도 떠났고
하얀 눈물 그득 머금은
그 눈동자들
금방이라도 벙긋 터질 양
혼자 걸어 눈꽃 아래로
혼자 걸어

께님둑도

백 수 인

빈집에 들어가 봤자
서로 기분만 나쁘지
출장비 안 나올 거요

그냥 빈손으로 가기
섭섭하시면 감쪽같이
닦서리나 해 가시요

예부터 서리 정도는
눈감아 주는 게 미덕
그래도 마지막이요

주인 백

 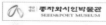

깨닝둑도

백 수 인 (백용태)

빈집에 들어가 봤자
서로 기분만 나쁘지
출장비 안 나올 거요

그냥 빈손으로 가기
섭섭하시면 감쪽같이
닭서리나 해 가시요

예부터 서리 정도는
눈감아 주는 게 미덕
그래도 마지막이요

주인 백

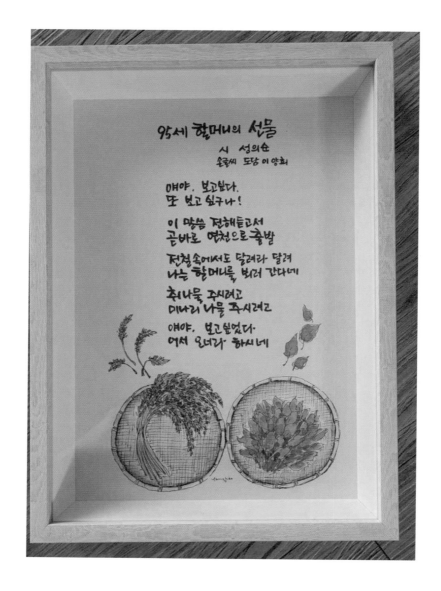

95세 할머니의 선물

시 성의순, 손글씨 이양희

애야, 보고 싶다
또 보고 싶구나

이 말씀 전해 듣고서
곧바로 연천으로 출발

전철 속에서도 달려라 달려
나는 할머니 뵈러 간다네

취나물 주시려고
미나리 나물 주시려고

애야, 보고 싶었다
어서 오너라 하시네

오색실 가래떡선물

성의순

노랑 파랑 흰색 빨강 검정의
영롱한 오색실로
흰색의 긴 가래떡을 묶어서
선물로 주셨네

설날 새해 흰떡처럼 밝게 빛내라고
풍요로운 한해에 재산이 늘어나길
소망하며
새해 무병장수를 기원하면서
좋은 일들만 있기를 바라는 마음으로
회원에게 선물하는
시문회 회장의 큰사랑 영원하리라

오색실 가래떡 선물

시 성 의 순, 손글씨 이 양 희

노랑, 파랑, 흰색, 빨강, 검정의
영롱한 오색실로
흰색의 긴 가래떡을 묶어서
선물로 주셨네

설날 새해 흰떡처럼 밝게 보내라고
풍요로운 한해에 재산이 늘어나길
소망하네

새해 무병장수를 기원하면서
좋은 일들만 있기를 바라는 마음으로

회원에게 선물하는
시문회 회장의 큰사랑 영원하리라

한궁(韓弓)으로

시 선의순
손글씨 이양희

새해에는
한궁을 현성관 지혜로운 학교
U3A- 서울에서
글로벌 교육을 펼치리라-

한궁을
종로노인 종합복지관에서
남여노소 누구나 함께하는
건강 행복 평화를 위해
나누리라-

한궁은
언제 어디서나 누구나-
재미있고 안전하게
3세대 가족 전통문화로 펼치리라

한궁은
홍익인간의 정신을 받들어
세계인의 생활 체육으로
자리 잡으리라-

한궁(韓弓)으로

시 성 의 순, 손글씨 이 양 희

새해에는
한궁을 현성관, 지혜로운 학교
U3A-서울에서 글로벌 교육을 펼치리라

한궁을
종로노인종합복지관에서
남녀노소 누구나 함께 하는
건강 행복 평화를 위해 나누리라.

한궁은
언제 어디서나 누구나
재미있고 안전하게
3세대 가족 전통문화로 펼치리라

한궁은
홍익인간의 정신을 받들어
세계인의 생활 체육으로
자리잡으리라

찾아 뵙고 싶은 어머니

시 성의순
손글씨 이양희

어머니! 찾아 뵙고 싶습니다
가능할까요?

예, 같이 가시지요
어머니 뵈러 따라 나섰다.

왜? 날 만나려고 하나요?
책속에서만 만나 뵈어서요

자랑스러운 어머니
훌륭하신 어머니 뵙고 싶었어요
그래요
우리 따뜻한 마음으로 만나요

찾아뵙고 싶은 어머니

시 성 의 순, 손글씨 이 양 희

어머니! 찾아뵙고 싶습니다
가능할까요?

예, 같이 가시지요
어머니 뵈러 따라 나선다

왜? 날 만나려고 하나요?
책 속에서만 만나 뵈어서요

자랑스러운 어머니
훌륭하신 어머니 뵙고 싶었어요

그래요
우리 따뜻한 마음으로 만나요

겨울꽃

송미옥

가을꽃 품고
떠나간 자리
빈 가지마다 하얀 숨결
눈꽃되어 피었네

물빛 풀빛이
저리도 예쁠까?

회색빛 겨울이
함박웃음처럼
하이얀 눈꽃

보석처럼 영롱하게
반짝반짝

순백의 꽃
내 마음의 숨결이
맑아집니다

겨울꽃

시 송미옥

가을꽃 품고
떠나간 자리
빈 가지마다 하얀 숨결
눈꽃되어 피었네

물빛 풀빛이
저리도 예쁠까?

회색빛 겨울이
함박웃음처럼
하이얀 눈꽃

보석처럼 영롱하게
반짝반짝

순백의 꽃
내 마음의 숨결이
맑아집니다

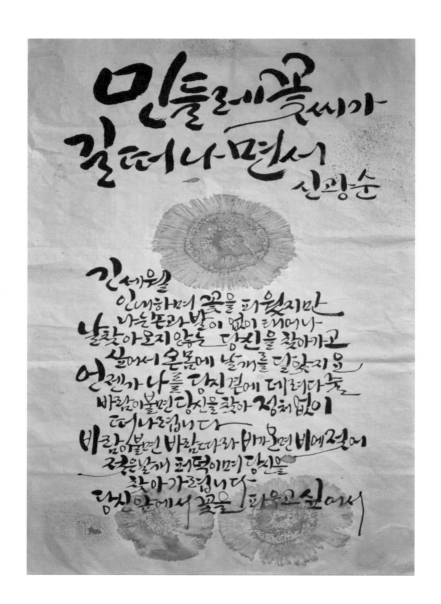

민들레 꽃씨가 길 떠나면서

시 신 광 순, 손글씨 백련 허 정 아

긴 세월 인내하며 꽃을 피웠지만
나는 손과 발이 없이 태어나
날 찾아오지 않는
당신을 찾아가고 싶어서
온몸에 날개를 달았지요

언젠가 나를
당신 곁에 데려다 줄 바람이 불면
당신을 찾아 정처없이 떠나렵니다

바람이 불면 바람 따라
비가 오면 비에 젖어
젖은 날개 퍼덕이며
당신을 찾아가렵니다

당신 앞에 꽃이 되고 싶어서

멋만 알고 맛은 모른 세월
신광순

멋만 알고
맛은 모른 세월

눈으로 맛을 보고
입으로 멋을 부린 세월
눈을 감고 세상을 보니 멋이 보이고
가슴으로 맛을 보니 참맛이 느껴지네

이렇게 가벼운 것을
왜그렇게 무겁게 달고 살았나

멋만 알고 맛을 모른 세월
맛을 모르니까 멋이 최고인줄 알고 살았지

- 도담 쓰다 -

종자와시인박물관
SEED&POET MUSEUM

연천군

멋만 알꼬 맛은 모른 세월

시 신 광 순, 손글씨 도담 이 양 희

멋만 알고 맛은 모른 세월
눈으로 맛을 보고
입으로 멋을 부린 세월
눈을 감고 세상을 보니 멋이 보이고
가슴으로 맛을 보니 참맛이 느껴지네
이렇게 가벼운 것을
왜 그렇게 무겁게 담고 살았나
멋만 알고 맛을 모른 세월
맛을 모르니까 멋이 최고인 줄 알고 살았지

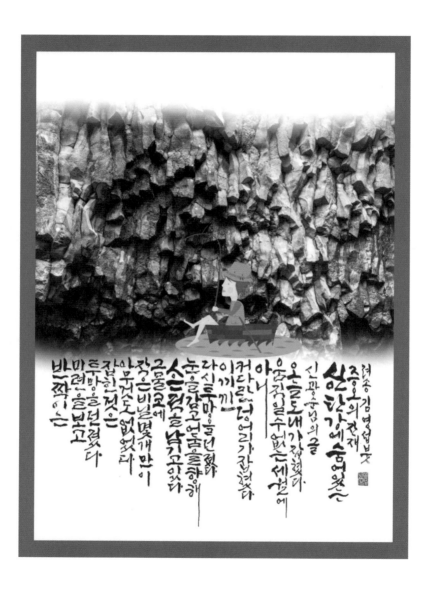

겸송 김명섭 붓

정오의 긴재
산탄강에 숨어온

신광수님의 글
오늘도 내가 찾았다
움직일수 없는 세월에
아니
다시 두망을 던졌다
이끼낀
커다란 바위를 지나갈려다
아
손을 감고 얼굴을 향해
눈을 감고
구물코에
작은비늘 몇개만이
무엇도 없었다
잡힌것은
주망을 던졌다
마련을 번졌고
바짝이는 보고
바

한탄강에 숨어있는 증오의 잔재

시 신 광 순, 손글씨 려송 김 영 섭

반짝이는 미련을 보고
투망을 던졌다.

잡힌 것은 아무것도 없었다.
작은 비늘 몇 개만이
그물코에 흔적을 남기고 있다.

눈을 감고 어둠을 향해
다시 투망을 던졌다.

이끼 낀 커다란 덩어리가 잡혔다.
아니, 움직일 수 없는 세월에
오늘도 내가 잡혔다.

웃음꽃

시조 수련 신 복 록, 손글씨 려송 김 영 섭

아침 달 잠에 취해
햇살에 숨어들고
지난밤 된서리에
잡초들 늦잠자네
너와 나 두 손 꼭 잡고
도란도란 산책길

산수유 빨간 보석
호기심 가득하니
까치발 치켜들고
혼자서 폴짝폴짝
해맑은 너의 모습은
행복 주는 웃음꽃

곱게 다가온 봄

산여울 신순희

봄 향기 소곤소곤 귀 전에
들려온다
먼 산엔 아지랑이 골짜기
여울 소리

뒷산엔 생강나무꽃
양지마을 매화꽃

아버지 쇠부쟁기 드러난
냉이 뿌리
숨쉬는 밭고랑 흙 땅벌레
활기차니

병아리 졸음 가득하니
부지런한 봄 향기

곱게 다가온 봄

산여울 신 순 희

봄 향기 소곤소곤
귓전에 들려온다
먼 산엔 아지랑이 골짜기
여울 소리

뒷산엔 생강나무꽃
양지마을 매화꽃

아버지 소부쟁기 드러난
냉이 뿌리
숨 쉬는 밭고랑 흙 땅 벌레
활기차니

병아리 졸음 가득하니
부지런한 봄 향기

꽃터

산여울 신순희

그의 터전은 까칠까칠한
껍질에 있었다

손을 내밀고
팔을 흔들고
발그레한 수줍음
환호성을 받아도

한 쪽 발은 까칠한 껍질을
떠나지 않는다

자라면 자랄수록
깊이 빠지는 발목
그곳엔
향기와 맵시가
더 짙어진다

꽃터

시 산여울 신 순 희

그의 터전은 까칠까칠한
껍질에 있었다

손을 내밀고
팔을 흔들고
발그레한 수줍음
환호성을 받아도

한 쪽 발은 까칠한 껍질을
떠나지 않는다

자라면 자랄수록
깊이 빠지는 발목
그곳엔
향기와 맵시가
더 짙어진다

무엇이 행복인가

산여울 신순희

소유의 양 크기로
행 불행 나누지만
존재의 가치로써
인생관을 정하자
상황을 넘어선 행복
내적 기쁨 맛나다

쟁취한 행복이면
불안에 휩싸이니
주어진 행복 안고
늘 미소 간직 하자
집착을 넘어선 행복
소망 나라 얻는다

무엇이 행복인가

시조 산여울 신 순 희

소유의 양 크기로
행 불행 나누지만
존재의 가치로써
인생관을 정하자
상황을 넘어선 행복
내적 기쁨 맛나다

쟁취한 행복이면
불안에 휩싸이니
주어진 행복 안고
늘 미소 간직 하자
집착을 넘어선 행복
소망 나라 얻는다

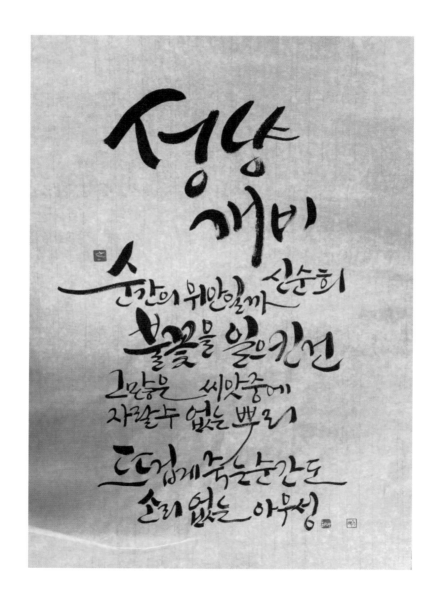

성냥
개비

순간의 위안일까   신순희

불꽃을 일으킨건

그많은 씨앗중에
자랄수 없는 뿌리

뜨겁게 죽는순간도
소리 없는 아우성

성냥개비

시조 신 순 희, 손글씨 백련 허 정 아

순간의 위안일까
불꽃을 일으킨 건
그 많은 씨앗 중에
자랄 수 없는 뿌리
뜨겁게 죽는 순간도
소리 없는 아우성

주상절리

산여울 신순희

뜨거운 용암에 금이 가고
커다란 구멍 뚫리고
선이 그어지고 벽을 이루었다

찬 기운의 침입은
피할 수 없는 분열
땅 밖으로 자라난 기이한 조각들

장작더미 숯이 되듯
상상할 수 없는 열기와 냉각
용암을 덕지덕지 갈라놓았다

수직을 이루고
수평을 고집하며
방향을 돌리고 틈을 보이나
그의 중심은 기둥이어야 했다

주상절리

산여울 신 순 희

뜨거운 용암에 금이 가고
커다란 구멍 뚫리고
선이 그어지고 벽을 이루었다

찬 기운의 침입은
피할 수 없는 분열
땅 밖으로 자라난 기이한 조각들

장작더미 숯이 되듯
상상할 수 없는 열기와 냉각
용암을 덕지덕지 갈라 놓았다

수직을 이루고
수평을 고집하며
방향을 돌리고 틈을 보이나
그의 중심은 기둥이어야 했다

아쉬운 하루

심 재 황

하루가 아쉬운데
빠르게 지나가네

매일매일 흐리고
오늘도 흐리지만

며칠이나 지나서
찬바람 불게 되면

눈발이 휘날리고
하루가 맑아지고

마음이 열려지면
먼 산이 보이겠네

아쉬운 하루

시 심 재 황

하루가 아쉬운데
빠르게 지나가네

매일매일 흐리고
오늘도 흐리지만

며칠이나 지나서
찬바람 불게 되면

눈발이 휘날리고
하루가 맑아지고

마음이 열려지면
먼 산이 보이겠네

피어나는 튤립

시 심재황

새로 돋은 잎사귀
비틀어 돌면서
어느새 올라가고

두 손 모은 꽃망울
삐죽 솟아나네

한 손 벌어지고
또 한 손 벌어져
한 송이씩 피어서

노란 별 빛나고
빨간 별 타오르고

피어나는 튤립

시 심 재 황

새로 돋은 잎사귀
비틀어 돌면서
어느새 올라가고

두 손 모은 꽃망울
삐죽 솟아나네

한 손 벌어지고
또 한 손 벌어져
한 송이씩 피어서

노란 별 빛나고
빨간 별 타오르고

민들레

- 양영순 -

아름다운 우리 민들레 고운꽃,
섬세한 모습에
발걸음 멈춘다-

아무렇게나- 피어
따뜻한 양지쪽으로 고개를
살포시 내밀고 있다-

포자를 퍼뜨리며
몸을 펼쳐 희생하는
민들레꽃,
생명의 귀원 몸통이
조용히 사랑의 밀어를 속삭인다.
내일을 향해

민들레

시 양 영 순, 손글씨 도담 이 양 희

아름다우리 민들레 고운 꽃
섬세한 모습에 발걸음
멈춘다

아무렇게나 피어
따뜻한 양지쪽으로 고개를
살포시 내밀고 있다

포자를 퍼뜨리며
몸을 펼쳐 희생하는
민들레 꽃

생명의 근원 모퉁이
조용히 사랑의 밀어를 속삭인다
내일을 향해

시계꽃

시조 글꽃 윤 소 영, 손글씨 현석 정 성 영

햇살이 마실 나와
돌담 위 아침 열고
떨어진 꽃씨 하나
꽃잎은 방긋 웃네
눈부신
희망의 울림
시계꽃은 피었네

빛처럼 사랑처럼
꿈 담고 희망 담아
희망과 용기로 핀
인생을 아름답게
영원히
작은 꽃잎은
아름답게 산다네

그대 찾아 가는 길/글꽃 윤소영

꽃대궐 툇마루에
가야금 튕겨 대고
선녀들 사뿐사뿐
흥겨움 춤추면서
저녁놀
붉게 익은 밤
적막 속에 잠기네

실바람 샤방샤방
바람에 나부끼고
아련한 추억으로
만남을 약속하는
휘파람
꽃길이기를
너를 찾아 가는 길

그대 찾아가는 길

시조 글꽃 윤 소 영

꽃대궐 툇마루에
가야금 퉁겨대고
선녀들 사뿐사뿐
흥겨움 춤추면서
저녁놀
붉게 익는 밤
적막 속에 잠기네

실바람 샤방샤방
바람에 나부끼고
아련한 추억으로
만남을 약속하는
휘파람
꽃길이기를
너를 찾아 가는 길

들꽃 향기

시조 글꽃 윤 소 영

풀꽃의 옷섶 사이
풍기는 글꽃 향기

사부작 사부작이
빠져든 꽃내음을

어디에
담아둘까요
그리움의 그 향기

물망초 사랑/글꽃 윤소영

청량한 푸른 햇귀
선명한 별꽃 피니
조그만 몸짓마다
귀엽고 매력 넘친
그대는
청순 가련한
앙증맞은 내 사랑

여리고 멋스러운
물망초 오목조목
화단을 꽉 채우니
길동무 멈춰서네
불현듯
외치는 음성
나를 잊지 마세요

물망초 사랑

시조 글꽃 윤 소 영

청량한 푸른 햇귀
선명한 별꽃 피니
조그만 몸짓마다
귀엽고 매력 넘친
그대는
청순가련한
앙증맞은 내 사랑

여리고 멋스러운
물망초 오목조목
화단을 꽉 채우니
길동무 멈춰서네
불현 듯
외치는 음성
나를 잊지 마세요

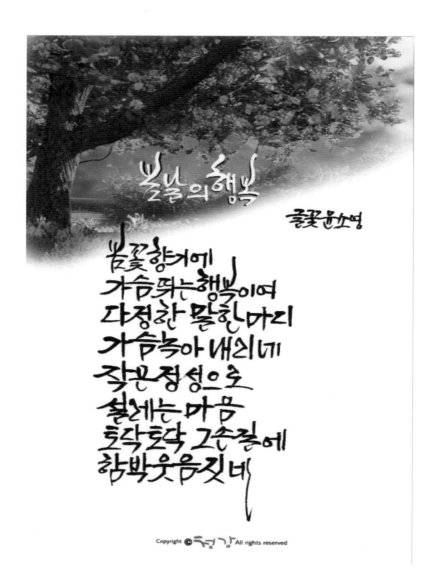

봄날의 행복

글꽃 윤소영

봄꽃 향기에
가슴뛰는 행복이여
다정한 말한마디
가슴속아 내리네
작은 정성으로
설레는 마음
토닥토닥 그손길에
함박웃음 짓네

봄날의 행복

시조 글꽃 윤 소 영, 손글씨 청강

봄꽃 향기에
가슴 뛰는 행복이여
다정한 말 한마디
가슴 녹아 내리네
작은 정성으로
설레는 마음
토닥토닥 그 손길에
함박웃음 짓네

연천의 한마당/글꽃윤소영

햇살이 보들보들
꽃바람 너울너울
웃음꽃 아름드리
감동이 물결치듯
한마당
웃음꽃 피는
백일장의 그 울림

오색빛 내려앉아
뜨겁게 달군자리
가녀린 꽃잎들도
신나게 왁자지껄
글꽃이
빗소리 따라
온 누리에 퍼지네

연천의 한마당

시조 글꽃 윤 소 영

햇살이 보들보들
꽃바람 너울너울
웃음꽃 아름드리
감동이 물결치듯
한마당
웃음꽃 피는
백일장의 그 울림

오색빛 내려앉아
뜨겁게 달군자리
가녀린 꽃잎들도
신나게 왁자지껄
글꽃이
빗소리 따라
온 누리에 퍼지네

인연의 꽃
금꽃윤소영

우연히 맺은 인연
그리움 빚은 사랑

영혼을 일깨우듯
하나로 피우는 꿈

이 세상
다하는 날에
우리 함께 가리라

종자와시인박물관
SEED&POET MUSEUM

인연의 꽃

시조 글꽃 윤 소 영

우연히 맺은 인연
그리움 빚은 사랑

영혼을 일깨우듯
하나로 피우는 꿈

이 세상
다하는 날에
우리 함께 가리라

사계의 우편함

혜림 윤수자

오늘은
몽실몽실 하늘구름이

어제는
살랑살랑 솔바람이

살며시
우편함에 다녀갔다

어머니 닮은 하얀 목련이
함박웃음으로
우편함에 다녀가셨고

봄날 아지랑이도
여름날 소나기도

가을날의 낙엽
겨울날에 함박눈

사계절 연애편지를 받으며
사랑을 얼마나 했던가

꽃가루 꽃샘바람이어도
소나기 태풍바람이어도

이 모두가 내게 베푸는
연분홍 꽃편지인 것을

오늘도 사계의 우편함엔
가을 하늘이 들어 있고
코스모스 한잎 곁들여져 있다

사계의 우편함

시 혜림 윤 수 자

오늘은 / 몽실몽실 하늘 구름이

어제는 / 살랑살랑 솔바람이

살며시 / 우편함에 다녀갔다

어머니 닮은 하얀 목련이
함박웃음으로
우편함에 다녀가셨고

봄날 아지랑이도 / 여름날 소나기도

가을날의 낙엽 / 겨울날에 함박눈

사계절 연애편지를 받으며
사랑을 얼마나 했던가

꽃가루 꽃샘바람이어도
소나기 태풍 바람이어도

이 모두가 내게 베푸는
연분홍 꽃 편지인 것을

오늘도 사계의 우편함엔
가을 하늘이 들어 있고
코스모스 한 잎 곁들여져 있다

시월의 낙엽처럼

혜림 윤수자

시월 낙엽과 함께
내 어머니도 그렇게 가셨지

준비도 없이
바라만 보았다

무쇠처럼 단단한
불멸의 여인이신 어머니

어여쁜 꽃들에게
고진감래를 불어넣고

세월에 진토되어
낙엽이 되셨다

그 해 시월의 낙엽은
꽃들에게 대못이 되었고

아직도 못자국은
숭숭 뚫려 바람이 든다

시월의 낙엽처럼

시 혜림 윤 수 자

시월 낙엽과 함께
내 어머니도 그렇게 가셨지

준비도 없이
바라만 보았다

무쇠처럼 단단한
불멸의 여인이신 어머니

어여쁜 꽃들에게
고진감래를 불어넣고

세월에 진토되어
낙엽이 되셨다

그해 시월의 낙엽은
꽃들에게 대못이 되었고

아직도 못 자국은
숭숭 뚫려 바람이 든다

구석

이남섭

내가 잃어버렸던 것들
찾다가 포기한 것들은
늘 구석에 있었다
우연히 들어간 구석에서
그것을 발견할 때
어둡던 구석이 환해지곤 하였다
음침하고도 환한 구석

나
지금
이곳
혹시 구석이 아닌가

구석

시 이 남 섭

내가 잃어버렸던 것들
찾다가 포기한 것들은
늘 구석에 있었다
우연히 들어간 구석에서
그것을 발견할 때
어둡던 구석이 환해지곤 하였다
음침하고도 환한 구석

나
지금
이곳
혹시 구석이 아닌가

바다

시 星賀 이 대 겸, 손글씨 려송 김 영 섭

파도가 밀려오면서
하얀 포말을 거품처럼 내 뿜는데

서핑보드에 몰두하는 여성의
고조된 목소리도 파도를 타고 있다

젊음은 도전이나 하듯이
서핑보드의 열정으로 불타오른다

해변에 펼쳐진 긴 모래밭
시인의 산책길에도
고요한 기쁨이 메아리치며
설렘이 넘실거리고

바다는 그 열정의 대열에
파도의 하얀 포말을 흩날리며 유혹하고 있다

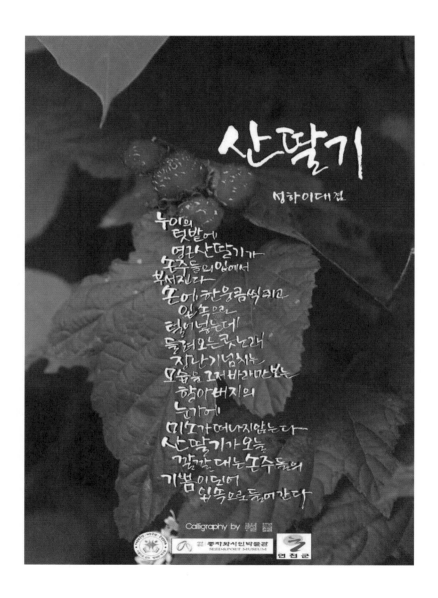

산딸기

시 성하 이 대 겸, 손글씨 향설 최 승 아

누이의
텃밭에서
영근 산딸기가
손주들의 입에서
부서진다
손에 한 움큼씩 쥐고
입 속으로
털어넣는데
들려오는 콧노래
장난기 넘치는
모습을 바라보는
할아버지의
눈가에
미소가 떠나지 않는다
산딸기가 오늘
깔깔대는 손주들의
기쁨이 되어
입속으로 들어간다

어머니의 향기

이대겹

너도 그런 것 같다
너의 액기를 들으니
내 마음을 적신다
그리고 수시로
그리움처럼 문득
어머니의 향기는
강물에 있는
나와 강물에 젖어 있었다
어머니의 향기가
꽃 바람 타고온
바람에 실려왔다
불어오는
어머니 향기가

려송붓질

어머니의 향기

시 星賀 이 대 겸, 손글씨 려송 김 영 섭

어머니의 향기가
불어오는 바람에 실려 왔다

꽃바람을 타고 온
어머니의 향기가
나의 가슴 속에 자리 잡았다

가슴 속에 있는 어머니의 향기는
그리움처럼 문득 그리고 수시로
내 마음을 적신다

너의 애기를 들으니
너도 그런 것 같다

첫눈이 오면

광휘 이도영

송이송이 예쁜 송이
눈꽃송이는 정교하게
만들어진 꽃
겨울에만 내려주시는
설화인 것을

아름다운 선녀들이
디자인해 만든
신비스런 눈송이는
열대 나라에선
볼 수가 없네

신비스런 눈꽃
모두의 가슴을
설레게 하는
첫눈 내리는 날
순수했던 그 시절

첫사랑 삼돌이를
만나고 싶다

첫눈이 오면

시 광휘 이 도 영

송이송이 예쁜 송이
눈꽃송이는 정교하게
만들어진 꽃
겨울에만 내려주시는
설화인 것을

아름다운 선녀들이
디자인해 만든
신비스런 눈송이는
열대 나라에선
볼 수가 없네

신비스런 눈꽃
모두의 가슴을
설레게 하는
첫눈 내리는 날
순수했던 그 시절

첫사랑 삼돌이를
만나고 싶다

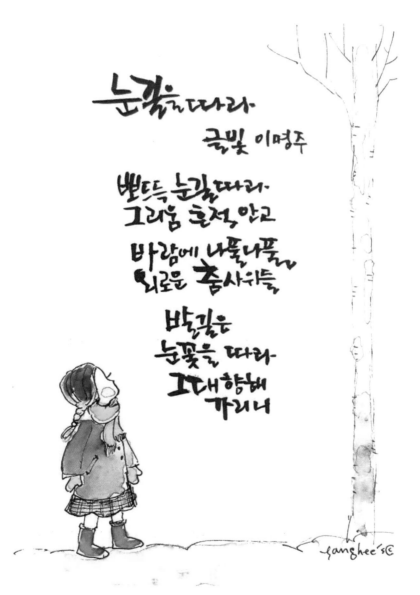

눈길을 따라

글빛 이명주

빤득 눈길따라
그리움 흔적 안고

바람에 나풀나풀
외로운 춤사위들

밤길은
눈꽃을 따라
그대향해
가리니

눈길을 따라

시조 글빛 이 명 주. 손글씨 도담 이 양 희

뽀드득 눈길 따라
그리움 흔적 안고

바람에 나풀나풀
외로운 춤사위들

발길은
눈꽃을 따라
그대 향해 가리니

그대 그리고 나

글빛 이명주

꽃송결 향기 따라
살포시 다가선 임

상그레 웃는 모습
가만히 바라보면

설렘은
두근거린다
사랑의 꽃 방긋다

Yonghee

그대 그리고 나(2)

시조 글빛 이 명 주, 손글씨 도담 이 양 희

꽃 숨결 향기 따라
살포시 다가선 임

상그레 웃는 모습
가만히 바라보면

설렘은
두근거린다
사랑의 꽃 벙글다

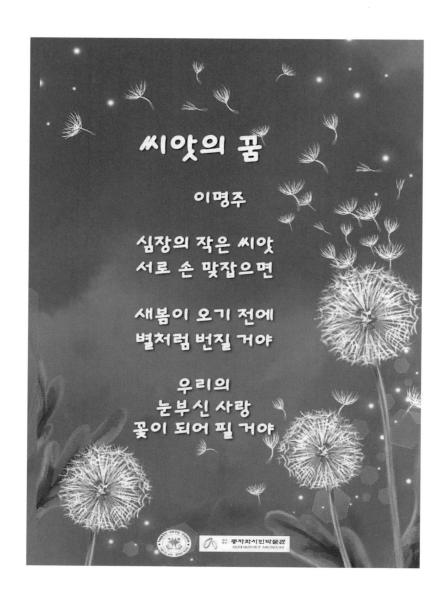

씨앗의 꿈

이명주

심장의 작은 씨앗
서로 손 맞잡으면

새봄이 오기 전에
별처럼 번질 거야

우리의
눈부신 사랑
꽃이 되어 필 거야

종자와시인박물관
SEED&POET MUSEUM

씨앗의 꿈

시조 이 명 주, 그래픽디자인 채 은 지

심장의 작은 씨앗
서로 손 맞잡으면
새봄이 오기 전에
별처럼 번질 거야
우리의
눈부신 사랑
꽃이 되어 필 거야

아이스커피

이명주

초록빛 땅바람과
따가운 여름 햇살

각 얼음 동동 띄운
향 좋은 커피 한 잔

우리의
쉼 없는 인생
잠시 내려놓아요

아이스커피

시조 글빛 이 명 주, 그래픽디자인 채 은 지

초록빛 땅바람과
따가운 여름 햇살
각 얼음 동동 띄운
향 좋은 커피 한 잔
우리의
쉼 없는 인생
잠시 내려놓아요

산다는 것

봉필 이서연

술을 많이 마셔야
흔들리느냐

사는게 버거워도
흔들린단다

흔들리고 흔들려야
제대로 인생이다

산다는 것

시 봉필 이 서 연

술을 많이 마셔야
흔들리느냐

사는 게 버거워도
흔들린단다

흔들리고 흔들려야
제대로 인생이다

개기 일식

월영 이순옥

우리에게 허락된 시간은 짧기만 하네
죽음의 그림자는 짙기만 하여
나 그대에게 나를 주려하네
나 그대를 가지려 하네

서로의 몸에 서로를 각인하는 그
시간은 고작
반각의 짧은 시간이지만
생의 전부를 담고 있는 절절한 그 열정

한사코 운명을 피하려하나
그 모든 몸짓이 다 정해진 바
숙명으로 한걸음 한 걸음
걸어 들어가는 것이었음을

손끝에 음률이 흐르는
생의 끝자락
끝내 지울수 없는 서운함
많은 날의 기다림을 문신처럼 새겨넣네

개기일식

시 월영 이 순 옥, 손글씨 도담 이 양 희

우리에게 허락된 시간은 짧기만 하네
죽음의 그림자는 짙기만 하여
난 그대에게 나를 주려 하네
나 그대를 가지려 하네

서로의 몸에 서로를 각인하는
그 시간은 고작
반 각의 짧은 시간이지만
생의 전부를 담고 있는 절절한 열정
한사코 운명을 피하려 하나
그 모든 몸짓이 다 정해진 바
숙명으로 한 걸음 한 걸음
걸어들어가는 것이었음을

손끝에도 음률이 흐르고
생의 끝자락
끝내 지울 수 없는 서운함
많은 날의 기다림을 문신처럼
새겨넣네

유혹 월영
이순옥

찬서리 아침이슬로
소리없이 내려와
서걱이는 갈림길에서
날기다리니
가슴속의 뜨거운열정
식을줄 몰라
핏빛으로 토해낸
산야의불꽃
한줄기 갈바람에
전율 흐르는것은
눈빛으로 눈짓하는
애절한 그대 그리움의
서곡

유혹

시 월영 이 순 옥, 손글씨 백련 허 정 아

찬 서리 아침이슬로
소리 없이 내려와
서걱이는 갈림길에서
날 기다리나
가슴 속의 뜨거운 열정
식을 줄을 몰라
핏빛으로 토해낸
산야의 물결
한 줄기 갈바람에
전율이 흐르는 것은
눈빛으로 손짓하는
애절한 그대 그리움의
서곡

나의 기도

도담 이 양희

하루를 끝내고
잠들기 전에
눈을 감고
기도를 한다.

오늘도
아무일 없이
하루를 잘 보냈습니다.
감사한 하루 였습니다

내일도
오늘 같은 하루가 되길
기도 합니다.

어느순간 부터일까
나의기도는
특별한 많을
바라기 보단
아무일 없는 하루를
감사하게 되었다.

Yonghee

나의 기도

시, 손글씨 도담 이 양 희

하루를 끝내고
잠들기 전에
눈을 감고
기도를 한다

오늘도
아무 일 없이
하루를 잘 보냈습니다
감사한 하루였습니다

내일도
오늘 같은 하루가 되길
기도합니다

어느 순간 부터일까
나의 기도는
특별한 일을
바라기 보단
아무 일 없는 하루를
감사하게 되었다

엄마

도담 이양희

늦둥이 막내딸
애기 겅거
늘 안쓰러운 눈길로
바라보시던 우리엄마
엄마, 엄마
불러봐도 대답없는 우리엄마

구순을 훌쩍 넘기고 몸져누워
고향집 한번만 데려다 달라시던
간절한 그 부탁에
꽃피는 따뜻한 사월에 가요
며칠만 기다리세요
무엇이 그리 급하셨던지
꽃샘추위 채 가시기도 전 삼월에
엄마는 기어이 고향선산에
누워셨지요

마지막 그 부탁
막내딸 가슴에 가시가 되어
해마다 해마다
아프게 찌르답니다

엄마-
그곳은 지금 개나리 진달래가 한창이지요!

엄마

시와 손글씨 도담 이 양 희

늦둥이 막내딸
애지중지
늘 안쓰러운 눈길로
바라보시던 우리 엄마
엄마, 엄마~~
불러봐도 대답 없는 우리 엄마

구순을 훌쩍 넘기고 몸져누워
고향집 한번 데려다 달라시던
간절한 부탁
꽃피는 따뜻한 사월에 가요
며칠만 기다리세요
무엇이 그리 급하셨는지
꽃샘추위 채 가시지도 않은 삼월에
엄마는 기어이 고향 선산에 누우셨지요

마지막 그 부탁
막내딸 가슴에 가시가 되어
해마다 해마다
아프게 찌른답니다

엄마
지금 그곳엔 개나리 진달래 한창이지요?

여보 · 당신

도담 이 양희

여보
보배와 같은 사람
당신
내 몸과 같은 사람
오로지
부부 사이에만
쓸수 있는 귀한 호칭
여보, 당신이라 부르며
알콩달콩 살아가요

— 신광순 관장님의 말씀을 듣고 —

여보, 당신
- 신광순 관장님의 말씀을 듣고

시, 손글씨 도담 이 양 희

여보
보배와 같은 사람
당신
내 몸과 같은 사람
오로지
부부 사이에만
쓸 수 있는 귀한 호칭
여보, 당신이라 부르며
알콩달콩 살아가요

물의 교훈

이연홍

낮은 골짜기 따라 흐른다
낮은 곳으로 흐르는 겸손

겨우내 얼어있던 하얀 고집들도
남녘에서 불어오는 화해의 바람엔
도리가 없는가
계곡 물소리가 청아하다

겨울과 봄이 오가며 채워 흐르더니
결국 강으로 떠나간다
거스르지 않는 삶
물의 교훈이다

물의 교훈

시 이 연 홍

낮은 골짜기 따라 흐른다
낮은 곳으로 흐르는 겸손

겨우내 얼어있던 하얀 고집들도
남녘에서 불어오는 화해의 바람엔
도리가 없는가
계곡 물소리가 청아하다

겨울과 봄이 오가며 채워 흐르더니
결국 강으로 떠나간다
거스르지 않는 삶
물의 교훈이다

꽃비

시 석향 이중덕
손글씨 이양희

바스락거리는 가슴에
꽃비가 내린다

몽롱하게 빛나던
새하얀 꽃잎의 군무에
떠오르는 지난 추억

달콤했던 시간
행복했던 시간
함께 했던 봄날의 하루

꽃무리 가득
그리움이 비에 젖어
꽃비만 내린다
하염없이

꽃비

시 석향 이 종 덕, 손글씨 도담 이 양 희

바스락거리는 가슴에
꽃비가 내린다

몽롱하게 빛나던
새하얀 꽃잎의 군무에
떠오르는 지난 추억

달콤했던 시간
행복했던 시간
함께했던 봄날의 하루

꽃무리 가득
그리움이 비에 젖어
꽃비만 내린다
하염없이

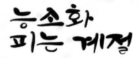

능소화
피는 계절

석향 이종덕

나지막이 이름 부르면
피어나는 능소화

까치발로 담장넘어
행여나 임일까

청사초롱 불 밝혀
어화둥둥 내 사랑

이글거리는 태양 아래
익어가는 우리 사랑

  종자와시인박물관
SEED&POET MUSEUM

능소화 피는 계절

시 석향 이 종 덕

나지막이 이름 부르면
피어나는 능소화

까치발로 담장넘어
행여나 임일까

청사초롱 불 밝혀
어화둥둥 내 사랑

이글거리는 태양 아래
익어가는 우리 사랑

망초꽃 필 때면

석향 이종덕

이슬 눈물 머물던 자리
뿌리고 심고 가꾸지 않아도
그리움은 들꽃으로 피어난다

저절로 피는 꽃은
버려진 터의 쓸쓸함을
눈처럼 하얗게 덮고

척박한 환경 속에도
너와 나의 애환을 담아
순박함으로 있는 듯 없는 듯

프라이팬에 계란 같은
망초꽃 필 때면
사랑이 떠난 빈 마음에
그대가 별처럼 내려앉는다.

종자와시인박물관
SEED&POET MUSEUM

망초꽃 필 때면

시 석향 이 종 덕

이슬 눈물 머물던 자리
뿌리고 심고 가꾸지 않아도
그리움은 들꽃으로 피어난다

저절로 피는 꽃은
버려진 터의 쓸쓸함을
눈처럼 하얗게 덮고

척박한 환경 속에도
너와 나의 애환을 담아
순박함으로 있는 듯 없는 듯

프라이팬에 계란 같은
망초꽃 필 때면
사랑이 떠난 빈 마음에
그대가 별처럼 내려앉는다.

웃음꽃 하나

석향 이종덕

순수함이 만들어낸
그대 미소
내 가슴에 머물러
눈을 맞춘다

서로 다른 생각
하나 되어
향기로 닮은 바구니
기쁨 행복 가득

샘솟는 그리움
파문 일어 번지고
무지갯빛 꿈 키워
마음 문 열어준다

살면서 상처난 자국
포근히 안아주는
그대 사랑안에
피어난 웃음꽃 하나.

종자와시인박물관
SEED&POET MUSEUM

웃음꽃 하나

시 석향 이 종 덕

순수함이 만들어낸
그대 미소
내 가슴에 머물러
눈을 맞춘다

서로 다른 생각
하나 되어
향기로 담은 바구니
기쁨 행복 가득

샘솟는 그리움
파문 일어 번지고
무지갯빛 꿈 키워
마음 문 열어준다

살면서 상처난 자국
포근히 안아주는
그대 사랑안에
피어난 웃음꽃 하나.

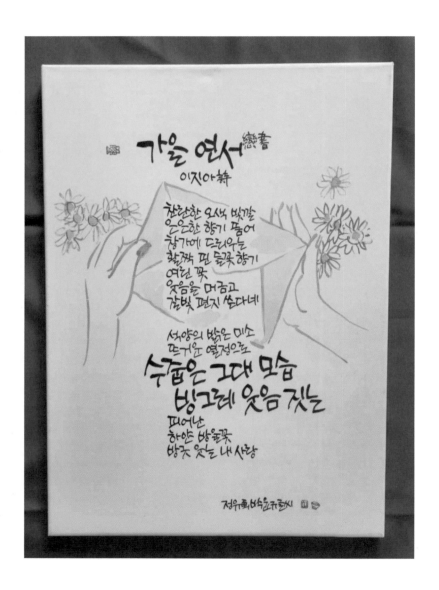

가을 연서

시조 이 지 아, 손글씨 박 윤 규

찬란한 오색 빛깔
은은한 향기 품어
창가에 드리우는
활짝 핀 들꽃향기
여린 꽃
웃음을 머금고
갈빛 편지 쓴다네

석양의 밝은 미소
뜨거운 열정으로
수줍은 그대 모습
빙그레 웃음 짓는
피어난
하얀 방울꽃
방긋 웃는 내 사랑

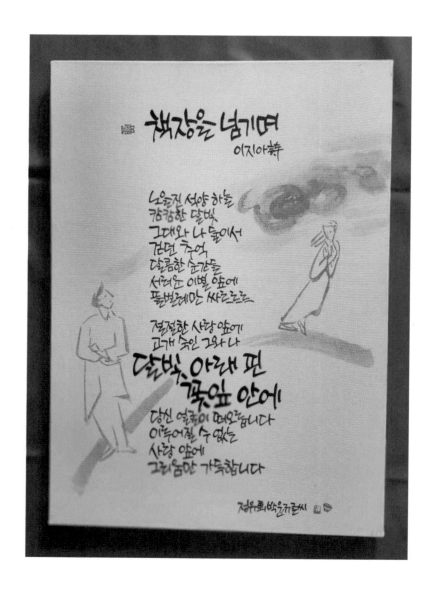

책장을 넘기며

시 이 지 아, 손글씨 박 윤 규

노을진 석양 하늘
캄캄한 달빛
그대와 나 둘이서
걷던 추억
달콤한 순간들
서러운 이별 앞에
풀벌레만 싸르르르

절절한 사랑앞에
고개숙인 그와 나
달빛 아래 핀
꽃잎 안에
당신얼굴이 떠오릅니다.
이루어질 수 없는
사랑 앞에
그리움만 가득합니다.

꽃잎사랑

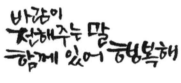

유정 이 지아

싱싱한 꽃잎마다
해맑은 웃음소리

머리 늘 가슴속에
그대를 품어 안고

바람이
전해주는 말
함께 있어 행복해

꽃잎 사랑

시조 유정 이 지 아, 손글씨 도담 이 양 희

싱싱한 꽃잎마다
해맑은 웃음소리

머리 눈 가슴속에
그대를 품어 안고

바람이
전해주는 말
함께 있어 행복해

그리움(1)
임경숙

가냘픈 풀벌레 소리
고요를 깨워 잠을 설친다

고운 정 안고 다독거리는 밤
서리맞은 가을 속으로
진한 그리움 스며든다

영락없이 안겨준 오늘 밤
어디선가 스산한
가을 바람 불어온다

그대 그리움
포근히 안아본다

그리움(1)

향 경 임 경 숙

가냘픈 풀벌레 소리
고요를 깨워 잠을 설친다

고운 정 안고 다독거리는 밤
서리맞은 가을 속으로
진한 그리움 스며든다

영락없이 안겨준 오늘 밤
어디선가 스산한
가을 바람 불어온다

그대 그리움
포근히 안아본다

나이

임경숙

무엇을 찾아도
바람도 없는
오색 단풍으로 숨겨질
초록빛

봄과 여름에 찾아온
당당한 모습
연한 병아리 색이 모여
고개를 처들고
날이 갈수록 변해간다

바람도 욕심도 없는
빈 가슴에
석양빛 노을에 맞서
그날까지
투명해지고 싶다

종자와시인박물관
SEED&POET MUSEUM

나이

시 향경 임 경 숙

무엇을 찾아도
바람도 없는
오색 단풍으로 숨겨질
초록빛

봄과 여름에 찾아온
당당한 모습
연한 병아리 색이 모여
고개를 쳐들고
날이 갈수록 변해간다

바람도 욕심도 없는
빈 가슴에
석양빛 노을에 맞서
그 날까지
투명해지고 싶다

해당화가 피는 날

임경숙

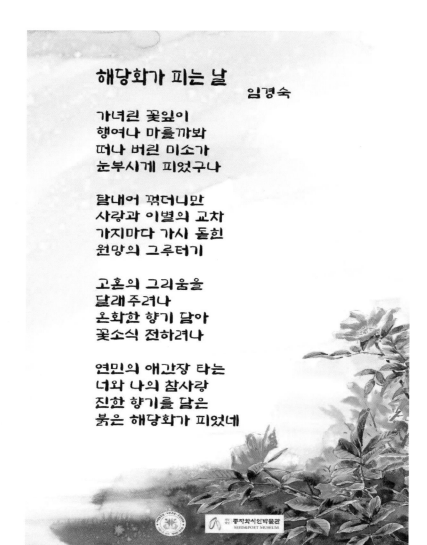

가녀린 꽃잎이
행여나 마를까봐
떠나 버린 미소가
눈부시게 피었구나

탐내어 꺾더니만
사랑과 이별의 교차
가지마다 가시 돋힌
원망의 그루터기

고혼의 그리움을
달래주려나
온화한 향기 담아
꽃소식 전하려나

연민의 애간장 타는
너와 나의 참사랑
진한 향기를 담은
붉은 해당화가 피었네

해당화가 피는 날

시 향경 임 경 숙

가녀린 꽃잎이
행여나 마를까봐
떠나 버린 미소가
눈부시게 피었구나

탐내어 꺾더니만
사랑과 이별의 교차
가지마다 가시 돋힌
원망의 그루터기

고혼의 그리움을
달래주려나
온화한 향기 담아
꽃소식 전하려나

연민의 애간장 타는
너와 나의 참사랑
진한 향기를 담은
붉은 해당화가 피었네

흐르는 강물처럼

태안 임석순

구름에 물결에, 햇살에
한없이 흐르는 강물처럼
되돌아갈 수 없는 먼 길
흘러온 세월 꽃피었네

동글동글 산봉우리 옆
나팔꽃 같은 능소화가
풀숲 매미 소리 어우러져
웃음꽃 활짝 피어났네

저녁에 해지는 노을에
잠깐 들른 작은 연못에
금빛 화려한 잉어 한 쌍
한가롭게 노닐고 있네

종자와시인박물관
SEED&POET MUSEUM

연천군

흐르는 강물처럼

시 태안 임 석 순

구름에 물결에, 햇살에
한없이 흐르는 강물처럼
되돌아갈 수 없는 먼 길
흘러온 세월 꽃피었네

동글동글 산봉우리 옆
나팔꽃 같은 능소화가
풀숲 매미 소리 어우러져
웃음꽃 활짝 피어났네

저녁에 해지는 노을에
잠깐 들른 작은 연못에
금빛 화려한 잉어 한 쌍
한가롭게 노닐고 있네!

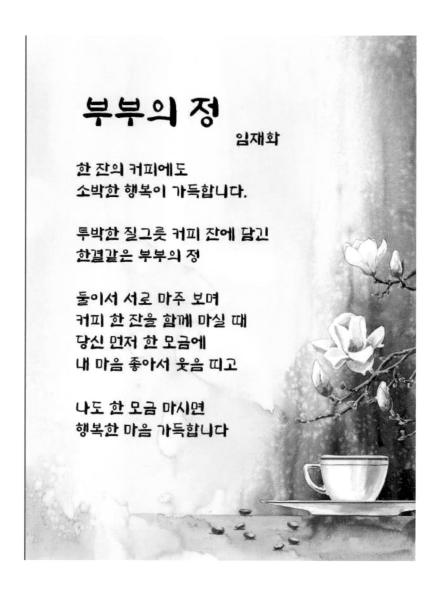

부부의 정

임재화

한 잔의 커피에도
소박한 행복이 가득합니다.

투박한 질그릇 커피 잔에 담긴
한결같은 부부의 정

둘이서 서로 마주 보며
커피 한 잔을 함께 마실 때
당신 먼저 한 모금에
내 마음 좋아서 웃음 띠고

나도 한 모금 마시면
행복한 마음 가득합니다

부부의 정

시 임 재 화

한잔의 커피에도
소박한 행복이 가득합니다.

투박한 질그릇 커피잔에 담긴
한결같은 부부의 정

둘이서 서로 마주 보며
커피 한 잔을 함께 마실 때
당신 먼저 한 모금에
내 마음 좋아서 웃음 띠고

나도 한 모금 마시면
행복한 마음 가득합니다

운문사(雲門寺)

임 재 화

안개 자욱한 대가람
호거산 운문사(虎踞山　雲門寺)
아름드리 전나무도
잠에 취해 있다.
너른 법당 뜨락은
먼지 하나도 없이
너무나 정갈하다.

자락 내리며
가만히 어깨를 누르는 안개비속에
운문사(雲門寺)는
조용히 참선에 들었다.

* 운문사 : 경북 청도군에 있는 큰 사찰의 이름

운문사(雲門寺)

시 임 재 화

안개 자욱한 대가람
호거산(虎踞山) 운문사(雲門寺)
아름드리 전나무도
잠에 취해 있다.
너른 법당 뜨락은
먼지 하나도 없이
너무나 정갈하다.

자락 내리며
가만히 어깨를 누르는 안개비속에
운문사(雲門寺)는
조용히 참선에 들었다.

* 운문사 : 경북 청도군에 있는 큰 사찰의 이름

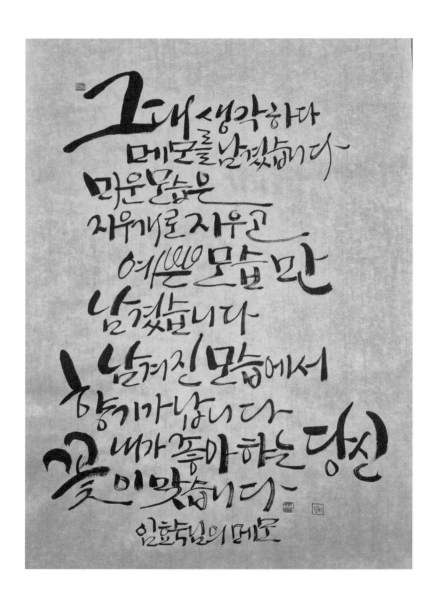

그대 생각하다
메모를 남겼습니다~
미운 모습은
지우개로 지우고
예쁜 모습만
남겼습니다
남겨진 모습에서
향기가 납니다
꽃 내가 좋아하는 당신
이 맞습니다~

임화님의 메모

메모

시 임 효 숙, 손글씨 백련 허 정 아

그대를 생각하다
메모를 남겼습니다
미운 모습은
지우개로 지우고
예쁜 모습만
남겼습니다.
남겨진 모습에서
향기가 납니다
내가 좋아하는 당신
꽃이 맞습니다

바닷가
쑥부쟁이

서현 임효숙

바닷가
돌 틈 옆에
보랏빛 쑥부쟁이

비릿한
바다 내음
품고서 살았다오

쑥부쟁이
바람부는 날
파도치며 일렁인다

바닷가 쑥부쟁이

시조 서현 임효숙

바닷가
돌 틈 옆에
보랏빛 쑥부쟁이

비릿한
바다 내음
품고서 살았다오

쑥부쟁이
바람 부는 날
파도치며 일렁인다

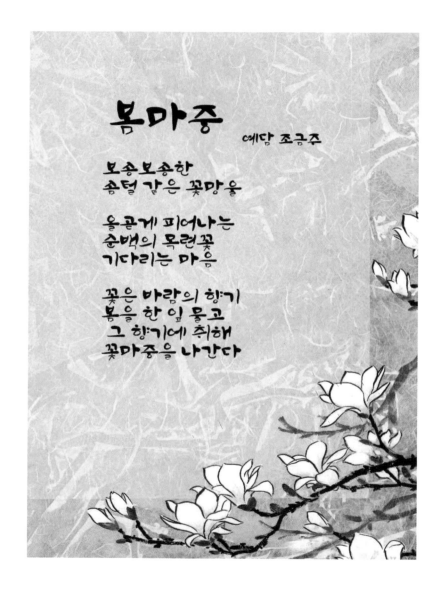

봄마중

예당 조금주

보송보송한
솜털 같은 꽃망울

올곧게 피어나는
순백의 목련꽃
기다리는 마음

꽃은 바람의 향기
봄을 한 잎 물고
그 향기에 취해
꽃마중을 나간다

봄 마중

시 예담 조 금 주

보송보송한
솜털 같은 꽃망울

올곧게 피어나는
순백의 목련꽃
기다리는 마음

꽃은 바람의 향기
봄을 한 잎 물고
그 향기에 취해
꽃마중을 나간다

돛단배 타고

조 인 형

옷자락 붙잡고서
세월은 가고 있네
저만치 애달픔도
등지고 가고 있네
밤꽃의
향기마저도
저 산 넘어 고개로

봄날이 품 안에서
순식간 지나가네
뜨거운 태양빛이
가슴을 후려치네
세월아
돛단배 타고
순풍 볼 때 가려마

돛단배 타고

시조 조 인 형

옷자락 붙잡고서
세월은 가고 있네
저만치 애달픔도
등지고 가고 있네
밤꽃의
향기마저도
저 산 넘어 고개로

봄날이 품 안에서
순식간 지나가네
뜨거운 태양빛이
가슴을 후려치네
세월아
돛단배 타고
순풍 불 때 가려마

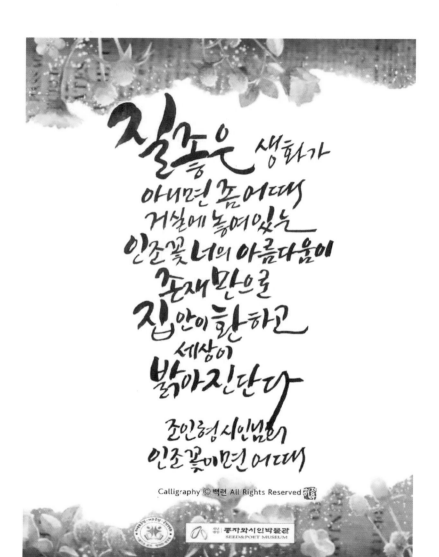

질좋은 생화가
아니면 좀 어때
거실에 놓여있는
인조꽃 너의 아름다움이
존재만으로
집안이 환하고
세상이
밝아진단다

조인형시인님의
인조꽃이면 어때

Calligraphy ©백련 All Rights Reserved

인조 꽃이면 어때

시 조 인 형, 손글씨 백련 허 정 아

질 좋은 생화가
아니면 좀 어때
거실에 놓여 있는 인조 꽃

너의 아름다움이
존재만으로
집안이 환하고
세상이 밝아진단다

한탄강아
영원하라

조 인 형

한탄강 푸른 물이
불탄소 얼싸안고
사랑의 향이 퍼져
꽃처럼 아름답네
거룩한
자연의 물결
우리 모두 지키자

거대한 자연의 힘
한탄강 피어났다
빼어난 강줄기는
내 가슴 벅차오네
흐르는
생명수 아껴
후손에게 전하세

종자와시인박물관
SEED&POET MUSEUM

한탄강아 영원하라

시조 조 인 형

한탄강 푸른 물이
불탄소 얼싸안고
사랑의 향이 퍼져
꽃처럼 아름답네
거룩한 자연의 물결
우리 모두 지키자

거대한 자연의 힘
한탄강 피어났다
빼어난 강줄기는
내 가슴 벅차오네
흐르는 생명수 아껴
후손에게 전하세

* 불탄소 : 경기도 연천 번드리 동쪽에 위치한 한탄강의 소, 현재 농업
용 취수장으로 쓰인다. 인근에 유명 음식점 불탄소가든이 있다

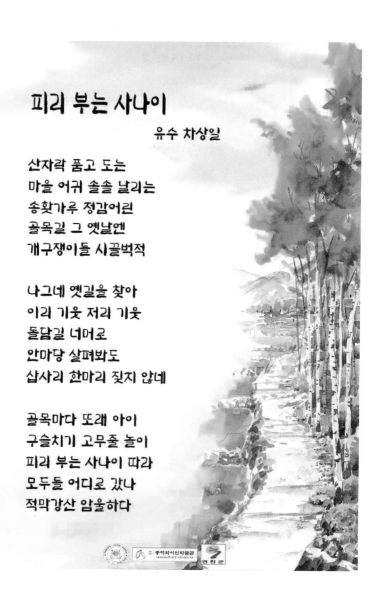

피리 부는 사나이

유수 차상일

산자락 품고 도는
마을 어귀 솔솔 날리는
송홧가루 정감어린
골목길 그 옛날엔
개구쟁이들 시끌벅적

나그네 옛길을 찾아
이리 기웃 저리 기웃
돌담길 너머로
안마당 살펴봐도
삽사리 한마리 짖지 않네

골목마다 또래 아이
구슬치기 고무줄 놀이
피리 부는 사나이 따라
모두들 어디로 갔나
적막강산 암울하다

피리 부는 사나이

시 유수 차 상 일

산자락 품고 도는
마을 어귀 솔솔 날리는
송홧가루 정감어린
골목길 그 옛날엔
개구쟁이들 시끌벅적

나그네 옛길을 찾아
이리 기웃 저리 기웃
돌담길 너머로
안마당 살펴봐도
삽사리 한마리 짖지 않네

골목마다 또래 아이
구슬치기 고무줄 놀이
피리 부는 사나이 따라
모두들 어디로 갔나
적막강산 암울하다

봄비

꿈꺼나네
온 한 쾌도 풍년
수 곡을 기 비 라 보 상 하 고
앞 들 의
토 각 토 기
깨 어 나 무 표 한 암 소
휘 날 리 기 겨울 감 아 서
농 부 는 기 겨울 감 아 서
별 들 이 바 람 에
눈 앞 에 진 초 록
마 름 도 여 유 밥 랑 이 요
밸 물 아 차 니
논 바 닥

전 종 김 영 섭 붓
화 상 일 님 의 글 을
간 간 편 봄 날 에

봄 비

시 유수 차 상 일, 손글씨 려송 김 영 섭

맨 논바닥 물이 차니
마음도 여유 찰랑이고
벼 심을 날 기약 안했지만
눈 앞에 진초록 벼들이
바람에 휘날리듯 하는구나

농부는 긴겨울 잠에서
깨어나 무료한 암소
토닥토닥 앞으로의
수고를 미리 보상하고
올 한해도 풍년 꿈꾸네

4월의 설레임

流水 차 상월

모든 초목들이
약동의 출발 선상에서
당당게 숨죽이고
설레임에 떨고 있다
저 아랫녘은 벌써
한참은 되었겠네
잎이 아기손 크기로

윗녘은 급한 마음
버드나무 제일먼저
눈 아리아리 연초록
개나리병아리 꽃
벚꽃은백색 순수함
목련 여정함으로
봄의 찬가 부르네

4월의 설레임

시 유수 차 상 일, 손글씨 도담 이 양 희

모든 초목들이
약동의 출발 선상에서
다함께 숨죽이고
설레임에 떨고 있다
저 아랫녘은 벌써
한참은 되었겠네
잎이 아기 손 크기로

윗녘은 급한 마음
버드나무 제일 먼저
눈 아리아리 연초록
개나리 병아리 꽃
벚꽃 은백색 순수함
목련 애절함으로
봄의 찬가 부르네

금낭화

글벗 최봉희

며느리 주머니 꽃

비단옷 눈부셔라

깊숙한 보물창고

행운이 가득 쌓여

줄줄이 넘치는 웃음

당신처럼 살게요

아치형 화대처럼

곧게 뻗은 꽃대마다

아이들 꽃주머니

행복이 주렁주렁

진분홍 말괄량이의

웃음소리 들린다

금낭화(錦囊花)

시조 글벗 최 봉 희, 손글씨 도담 이 양 희

며느리 주머니꽃
비단옷 눈부셔라
깊숙한 보물 창고
행운이 가득 쌓여
줄줄이 넘치는 웃음
당신처럼 살게요

아치형 활대처럼
곧게 뻗은 꽃대마다
아이들 꽃 주머니
행복이 주렁주렁
진분홍 말괄량이의
웃음 소리 들린다

동행

글빛 최봉희

우리가
오늘 만나
내일을 사는 기쁨

무엇을
해야 할까
어디로
가야 할까

서로가
한마음으로
함께하는 큰 행복

동행

시조 글벗 최 봉 희, 손글씨 도담 이 양 희

우리가
오늘 만나
내일을 사는 기쁨

무엇을
해야 할까
어디로
가야 할까

서로가
한마음으로
함께하는 큰 행복

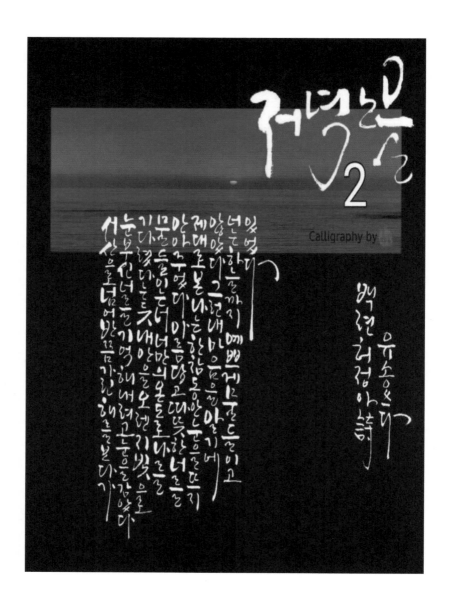

저녁놀 2

Calligraphy by

저녁노을(2))

시 허 정 아, 손글씨 유송 우 양 순

서산으로 넘어 반쯤 가린
해를 보다가
눈부신 너를 기억해 내려고
눈을 감았다

기다렸다는 듯
내 안을
오랜지빛으로 물들이는 너
너만의 온도로
나를 안아주었다

아름답고
따뜻한 너를
제대로 본 나는
한참 동안 눈을 뜨지 않았다
그런 내 마음을 알기에
너는 하늘까지 예쁘게
물들이고 있었다

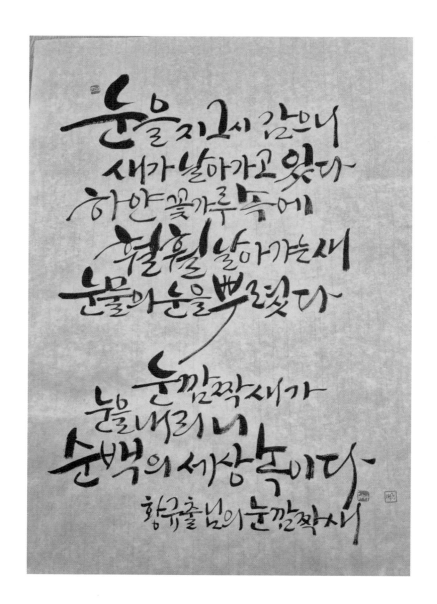

눈을 지그시 감으니
새가 날아가고 있다
하얀 꽃가루 속에
훨훨 날아가는 새
눈물과 눈을 뿌렸다

눈깜짝새가
눈을 내리니
순백의 세상속이다
황규출님의 눈깜짝새

눈깜짝새

시 황규출, 손글씨 백련 허정아

눈을 지그시 감으니
새가 날아가고 있다
하얀 꽃가루 속에
훨훨 날아가는 새
눈물이 눈을 뿌렸다

눈깜짝새가
눈을 내리니
순백의 세상 속이다

□ 글벗시화전 참여 작가 명단
1. 손글씨, 캘리그라피 참여 작가 명단
● 김영섭 작가

- 글벗문학회 캘리분과 회원
- 한국서예협회 인천서예대전 캘리그라피부문 입선/특선
- 대한민국단군서예대전 캘리그라피 부문 입선/특선
- 대한민국 한글서예대전 캘리그라피부문 우수상

● 박윤규 작가

* 시인, 손글씨 작가
* 한국손글씨협회 회장
* 한국작가회의 회원, 민예총 회원,
* 부산작가회의 회원
* 물고기 공방운영
* 계간 글벗 심사위원
* 시집 『꽃은 피다』 외 다수

● 윤현숙 작가

- 글벗문학회 캘리분과 회원
- 캘리그라피 &pop 강사
- 문화센터 출강
- 시언 시조 동아리 회장
- 캘리작품집 『오늘도 당근이지』

● 이양희 작가

- 글벗문학회 캘리분과 회원
- 제2회 한탄강 백일장 수필 부문 우수상 수상
- 꼼지락캘리, 엽서 캘리, 캘리그라피 2급 자격증
- Yanghee's 캘리로 활동 중

● 정성영 작가

- 일신여상 교사로 재직
- 제1회 한국캘리그라피대전 수상
- 제11회 한국창작문화예술대전 세계미술작가교류협회 특선 및 입선
- 문인화 특선 외 입선 다수(서협) 각 입선 다수(중부일보)
- 전서 예서 입선(서협)

● 채은지 작가

- 이명주 시집 『내 가슴에 핀 꽃』 표지디자인
- 최봉희 시집 『사랑꽃 2』 표지디자인
- 이명주 시집 『커피 한 잔 할까요?』 표지디자인

● 허정아 작가

* 캘리그라피 프리랜서
* 한국서예협회 회원
* 한국문인협회, 글벗문학회 회원
* 문학고을 신인문학상 시 부분 등단
* 저서 시집 제1집 『꽃으로 피는 시간』
  　　　　 제2집 『감성을 두드리다』 (청어)
  　　　 에세이집 『나는 뻔뻔하게 살기로 했다』

2. 2024 연천재인폭포시화전 참가자 명단

작가명		작품명	수록면
1. 강자앤	• 대한문학세계 시 부문 등단 • 글벗문학회 회원 • (사)창작문학예술인협의회 회원 • 시집 『꿈꾸는 별』, 『러브레터』, 『기다려보네 사랑이여』 『사랑이여 눈물이여』	안개비	14
2. 고기석	• 한국작가 파주문학회장 • 경기도문인협회상임이사 • 전 파주문인협회회장 • 시민연합신문 발행인	억새	16
3. 곽정순	• 1957년 인천 출생 • 현대문학사조 현 부회장 • 2018년 수필 신인상 당선 • 글벗문학회, 수지문학회, 한국바다문인협회 회원 • 동인지 "내 허락없인 아프지 도마" 외 현재 20집 출간	고문리를 회상하며	18
4. 권혜정	• 포항 출생 • 글벗문학회 회원 • 구미1대학교 전자계산학과 졸업 • 평생교원 사회복지학과 수료 • 인카금융서비스 제무설계 보험상담사로 근무중	평화를 위해	20
5. 김달수	• 2019년 문학세계 등단 • 양구청춘문학회 • 한국시낭송 양구지회 회원	바람에 익는 가을	22

작가명	약력	작품명	수록면
6. 김석이	• 부산 출생 • 2012년 매일신문 신춘문예 시조 부문으로 등단, 천강문학상, 중앙시조 신인상 등을 수상 • 시조집으로 『비브라토』 『블루문』 『소리꺾꽂이』,『심금의 현을 뜯을 때 별빛은 차오르고』, 『빗방울 기차여행』 등 5권 출간	빗방울 기차여행	24
7. 김재기	• 경기도 연천군 거주 • 글벗문학회 회원 • 종자와시인박물관 관리부장	재인폭포의 눈물	26
8. 김지희	• 글벗문학회 회원 • 계간 글벗 시조 신인상 수상 등단 • 시집- 『슬픈 사랑 긴 그리움』 『그냥 보고싶습니다』	빗소리	28
9. 김현철	• 전남 여수 출생, 시인 소설가 • 문학박사, 동양문학신문사 부회장 • 해외문화교류협회 호남지회 지회장 • 한국 가곡작사가 협회 이사 • 여수창작문인협회 준비위원장 • 시집『내 고향 여수』,장편소설 『아! 여수』	내 고향 여수	30
10. 나일환	• 충남 세종시 거주 • 글벗문학회 회원 • 파주문인협회 회원 • 사진작가협회 회원 • 사진작가협회자문원	정박	32

작가명	약력	작품명	수록면
11. 박성민	• 목포 출생. • 2002년 전남일보 신춘문예 시, 2009년 서울신문 신춘문예 시조당선. • 시집 『쌍봉낙타의 꿈』, 『숲을 숲으로 읽다』, 『어쩌자고 그대는 먼 곳에 떠 있는가』 가람시조문학상 신인상, 오늘의시조시인상, 조운문학상 수상.	목울대를 노래하다	34
12. 박하경	• 1961년 보성 출생, 호: 秀重 • 한국문인협회 회원. 한국 • 소설가협회 회원 / 세계모던포엠작가회 회원 / 광주문인협회 회원 • 한국문학예술인협회 부회장 • 시인(국제문학바탕), 수필가(월간모던포엠), 소설가(월간문학)	재인, 재인이어라	36
13. 백용태	• 경북 상주 출생 • 인쇄업 은퇴 • 동작 구민 백일장(2회)수상 • 글벗 문학회 정회원 • 현 연천(청산)거주 • 2024한탄강백일장 삼행시 쓰기 대상	백수인의 삶	38
14. 성의순	• 2012년 서울문학 가을호 신인상 수상 수필 등단 • 글벗문학회 회원 • 성균관 부관장, 우계문화재단 이사 • 제8회 글벗백일장 우수상 수상 • 저서 시집 『열두 띠 동물 이야기』 공저 『다시 돌아온 텃새의 이야기』	한궁인사	40
15. 신광순	• 시인, 수필가 • 기호문학 발행인, 종자와시인박물관 관장 • 제8회 흙의문학상 수상 • 시집 『코스모스를 찾아서』 『모든 게 거기 그대로 있었다』, 『하늘을 위하여』, 『땅을 위하여』,산문집 『불효자』, 『생일 축하합니다.』, 『사람은 죽어서 기저귀를 남긴다』, 『잃어버린 용서를 찾아서』, 『백지고백성사』 등	한탄강의 침묵 여보게	42 44 46 48 50

작가명	약력	작품명	수록면
16. 신순희	• 2016 민주문학등단. 시 부문 • 민주문학 계간지 공저 • 2018청옥문학 시조 부문 등단 • 청옥문학 계간지 공저 • 시집 『풍경이 있는 자리』	황화코스모스	52
17. 신위식	• 경기도 파주 거주 • 한국문인협회 회원 • 파주문협 시분과장 • 나라사랑문협, 인사동시인협회 부회장 • 탐미문학상, 월파문학상 수상	가을 임진강에서	54
18. 심재황	• 언어학 박사, 전)중앙대, 가천대, 경기대, 아신대 외래교수 현)세계사이버대 실용영어학과 겸임교수 • 계간지 국제문학 시 부문 등단 • 시집 『그곳을 지나가면서』 『한국문학 대표선집: 싱그러운 계절』『첫 계절의 색깔』『지난 계절에 들은 이야기』	재인물빛	56
19. 원유권	• 미국 보스톤 대학원 졸업 • 미국 플로리다, LA 이주, 서울, • 미국 플로리다 잭슨빌, 천안시 이주 • 글벗문학회 회원 • 시집 『절망에서 건진 희망 낙서』 • 수필집 『나락에서 건진 희망 메시지』	너를 만나러 가고 싶다	58
20. 유철남	• 시집 『시간 속의 향연』 출간 • 2021.3.부터 청양신문에 시 수필 연재 중	낙엽으로 살다	60

작가명	약력	작품명	수록면
21. 윤소영	• 제주도 거주 • 종합문예 유성 시 부문 등단 • 글벗문학회 정회원 • 첫 시집 『눈물로 쓰는 삶』 외 6권 시조집 발간	재인아 어디쯤에 연천에 가자	62 64
22. 이강흥	• 시인, 수필가, 칼럼니스트 • 전남 보성 출생 • 서강대 공공정책대학원 사회학석사 • 수상 영랑운학상 대상 외 다수	한탄강은 말이 없다	66
23. 이대겸	• 사) 대한문인협회 시 그리움 등단 • 사)종합문예유성 창단 위원 • 사) 종합문예유성 대구지부장 • 국자감문학 시부분 최우수상 • 집현전문학 시부분 대상	재인폭포 철마는 달리고 싶다	68 70
24. 이명주	• 계간 글벗 시조부문 등단 • 글벗문학회 정회원 • 제12회 글벗백일장 최우수상 수상 • 시집 『내 가슴에 핀 꽃』, 『커피 한잔 할까요』, 『아, 가을이다. 그대가 그리운』, 『너에게로 가는 길』	꽃길 따라 안부	72 74
25. 이병찬	• 대진대학교 한국어문학과 명예교수 • 포천문화원 포천학연구소장 • 동농 이해조 선생기념사업회장 • 종자와시인박물관 운영위원 • 포천문인협회 자문위원	협착증	76

작가명	약력	작품명	수록면
26. 이상호	• 현대문학사조 시, 시조 등단 • 한국문인협회 회원 • 바다문인협회 회원 • 강남문인협회 회원 • 현대문예사조 회장 • 시집 『달빛 삼킨 돌이 걷는다』	백의민족	78
27. 이서연	• 한국문인협회, 글벗문학회 회원 • 한국문협 제27대 70년사 편찬위원 • 지구문학 감사, 담쟁이문학회 부회장, 현대 계간문학 운영 이사, 작가회 부회장, 시마을 문학 고문과 자문위원 • 제9회 글벗문학상 수상, 제27회 전국 예술대회 대상 • 시집 『꼬마 선생님』, 『그래서 더 아름답다』, 『옥색 치마』	단비	80
28. 이수만	• 대우그룹 기획실 근무 • (사)서울시강북구소기업소상공인회 초대 이사장, (사)서울시소기업소상공인연합회 초대 회장 • 좋은문학 신인상 등단 • 글벗문학회 회원	가을 단풍	82
29. 이순옥	• 2004년 월간 모던포엠 시부문 등단 • 한국문인협회, 세계모던포엠작가회 회원, 全人文學, 경기광주문인협회, 백제문학, 착각의시학, 글벗문학회 회원 • 월간모던포엠 경기지회장 • 제3회 잡지협회 수기공모 동상수상, 제1회 매헌문학상 본상수상 • 제12회 모던포엠 문학상. 착각의시학 한국창작문학상 대상 수상 • 저서 월영가, 하월가, 상월가	재인폭포, 전설이 되어 부르는	84
30. 이양희	• 경기도 고양시 거주 • 글벗문학회 회원 • 제1회 한탄강전국백일장 수필 부문 우수상 수상 • 꼼지락캘리, 엽서 캘리, • Yanghee's 캘리로 활동 중	그리움	86

작가명	약력	작품명	수록면
31. 이연홍	• 2019년 계간글벗 시 부문 신인상 • 강원문인협회, 양구청춘문학, 글벗문학회, 한국시낭송회 양구지회 • 시집 『모정』, 『달빛속에 비친 당신』	늙은 나무와 노인	88
32. 이오동	• 시인 수필가 시낭송가 · 모델 • 계간문예 · 월간 신문예 · 시와 창작문예 회원 • 대지문학상 대상 · 매월당문학상 한용운 문학상 등 • 시집 엄마의 바다 · 먼지의 옷	한탄강 어부 그네	90 92
33. 이은영	• 제1회 경북문예현상 공모전 대상 • 제6회 최충문학상 전국공모전 대상 • 제9회 사하모래톱 공모전 최우수상 • 제23회 지구사랑 공모전 산업통상자원부 장관상 • 제7회 이은방 문학상 장원 • 제4회 한탄강문학상 은상 수상	끝나지 않은 귀환	94
34. 이종덕	• 경기도 양주시 거주 • 청일문학 시 부문 등단 • 글벗문학회 회원	움트는 꿈	96
35. 이지아	• 대구 거주 • 시인, 작사가, 가수 • 종합문예 유성 시, 동시 등단 • 글벗문학회 회원 • 시집 『첫느낌』, 『오봉산 아가씨』	첫사랑 사랑은 꽃잎처럼	98 100

작가명	약력	작품명	수록면
36. 장효영	• 자연치유학박사 • 코숨광제한의원 원장 *실상문학 시 등단 (2024)	초가을 단상	102
37. 정영숙	• 크리스챤 문학 수필 부문 등단, 아동문학 시 부문 등단 • 미국무성과 에피포토(epipoto)문학상, 고려문학대상 수상, 전국재소자 문예작품 심사 20여 년 활동 • 작사집 『정영숙이 지은 마음의 노래』 수필집 『어머니만 있다면』,『어머니의 사진』 등	폭포를 보고	104
38. 정재대	• 경북 예천 출생, 서울 거주 • 제11회 한국문단 낭만시인 공모전 시조 부문 우수상 수상 • 제12회 한국문단 낭만시인 공모전 시조 부문 최우수상 수상 • 저서 『돌에 핀 꽃』,『공존의 강』	주목처럼	106
39. 조인형	• 문예춘추 시 등단 • 문예춘추 이사, 글벗문학회 회원 • 한국문인협회 회원 • (사) 한국육필문화보존회 제1회 프레데이크 문학상 수상 • 시집 『73세의 여드름』,『영혼의 소릿결』,『마음에 피는 꽃』	여우비	108
40. 조태원	• 대한문인협회 수필 부문 등단작가 *(현)서울시 소재 초등학교 교사 • 성균관대학교 교육학박사 • 글벗문학회 회원 • 저서 여행 에세이 『유년으로의 여행 (경기도 연천 편)	가을 서정	110

작가명	약력	작품명	수록면
41. 조현상	• 경기 연천출생. • 2004년《책과 인생》 수필 등단, 2009년《조선문학》시 등단, 2016년《시조시학》시조 등단, 2016 중앙일보시조백일장 입상, 2021 도봉문학상, 2022 한탄강문학상 금상 수상. • 저서 : 시집『명주솜 봄햇살』, 수필집『세월』, 시조집 『송화松花, 붓끝에 피다』 시조집『삼팔선 빗소리』	재인폭포	112
42. 진순분	• 경인일보 신춘문예 시조,《문학예술》시 부문 신인상 당선, 가람시조문학상, 윤동주문학상, 한국시조시인협회상, 제3회 한탄강문학상 외 다수 • 한국문인협회 회원, 수원문인협회 수석부회장 • 시조집 『익명의 첫 숨』, 『돌아보면 다 꽃입니다』,『바람의 뼈를 읽다』 등 다수	통일의 꿈	114
43. 차상일	• 전남 장성출생 • 단국대학교 졸업. • 글벗문학회 회원 • (주)한국금속 운영. * 플러스주식회사 운영.	한탄강의 아침	116
44. 채찬석	• 교육수필가, 교장으로 정년 퇴직 • 수원문협 이사, 군포문협회원 • 종자와시인박물관 시비정원 『명함』 건립 • 저서 『꿈을 위한 서곡』, 『친구야 세상이 얼마나 아름다운지 아니』 『자녀의 성공은 만들어진다』, 『사람의 발견』	설악초 사랑	118
45. 최봉희	• 시조문학 등단, 문예사조 수필 등단 • 한국문인협회, 국제펜클럽 회원 • 계간 글벗 편집주간, 글벗문학회 회장 • 제30회 샘터시조상 수상(월간 샘터) • 종자와시인박물관 시비공원 '사랑꽃' 건 • 시조집『사랑꽃1,2,3권』,『꽃따라 풀잎 따라』,『산에 들에 피는 우리꽃』, 수필집『사랑은 동사다』, 『봉주리 선생』	탄피꽃 사랑별처럼	120 122

작가명	약력	작품명	수록면
 46. 최우상문	*한국문인협회 회원 *1983년 현대문학 수필등단 ● 2010년 아세아문예사 시 등단 ● 저서 수필집 『두 어머니』 시집: 『해바라기의 꿈』 외 4권 작 사 〈내 고향 두미도〉 외3 곡	나비 모녀	124
 47. 최재영	● 강원일보, 한라일보, 대전일보 신춘 문예 당선, 방송대문학상 대상. 산림 문화대전 대상. 김포문학상 대상 제4회 한탄강문학상 수상 ● 시집 [루파나레라] [꽃피는 한시절 을 허구라고 하자] [통속이 붉다 한 들]	포탄밥	126
 48. 최정식	● 전북 정읍 태인 출생 ● 전주대 국어국문학과 졸업 ● 육근대학, 전남대 행정대학원 졸업 ● 글벗문학회 회원 ● 계간 글벗 수필 신인문학상 수상 등단 *수필집 『바보 아빠』 시집 『사람과 자연 이 함께 하는 삶의 소리』	그리운 마음	128
 49. 한복순	● 명지대 체육교육과 졸업 ● 청암문학 신인상 ● 청암문학 부회장, 안곡문학 이사, 글 벗문학회 회원 ● 안곡문학 작가상, 국립 한경대학교총 장 공로상 수상 ● 저서 /전자책 『꽃을 바라 보듯 그냥 웃지요』	어머니의 접시꽃	130
 50. 홍영수	● 시인, 문학평론가 ● 매일신문 시니어 문학상. ● 보령해 변시인학교 금상 수상. 코스미안상 대상(칼럼), 순암 안정복문학상 수상 아산문학상 금상 수상, 최충 문학상 수상, 제4회 한탄강문학상 외 다수 ● 시집 『흔적의 꽃』	통로가 되고 싶은	132

작가명	약력	작품명	수록면
50. 황희종	• 문학세계 수필, 계간 글벗 시 등단 • 전) 한국작가회의고양지부 이사 • 전) 상황문학 문인회 이사 • 한국기독교문인협회 회원 • 글벗문학회 회원 • 저서 시집 『저 높은 곳을 향하여』,	평화를 위한 기도	134
51. 허정아	• 캘리그라피 프리랜서 • 한국서예협회 회원 • 한국문인협회, 글벗문학회 회원 • 문학고을 신인문학상 시부분 등단 • 저서 시집 『꽃으로 피는 시간』 시집 『감성을 두드리다』 에세이 『나는 뻔뻔하게 살기로 했다』	약속	136
52. 현종헌	• 제주도 성산 출생 • 대구대학교, 한국교원대 대학원 국어교육과 졸업 • 포스트모던 시 신인상 수상, 월간 중앙 넌픽션 당선, • 종자와시인박물관 시비 「그대 찬란한 빛이 되어」 • 시집 『추억은 새벽하늘 속에 흩날리고』 • 수필집 『유채꽃』, 『산속에서 열흘』, 『성산일출봉』 등	그대 이름은	138

3. 2024연천국화축제시화전 참가자 명단

작가명		작품명	수록면
1. 강세희	• 충남 홍성 출생 • 2015 계간 〔지구문학〕시 부문 등단 • 연천문인협회 회원	연천 꽃지	142
2. 강자앤	• 대한문학세계 시 부문 등단 • 글벗문학회 회원 • (사)창작문학예술인협의회 회원 • 시집 『꿈꾸는 별』, 『러브레터』, 『기다려보네 사랑이여』 『사랑이여 눈물이여』	보랏빛 향연	144
3. 고정숙	• 경희대학교 국어국문학과졸 • 계간문에 국제문단시 등단 • 국제문단 산문상 • 국제문인협회 부회장겸 재정국장 • 시집 『매일 피는 꽃』, 『지나고 보니 삶이어라』	풀꽃	146
4. 곽정순	• 1957년 인천 출생 • 현대문학사조 현 부회장 • 2018년 수필 신인상 당선 • 글벗문학회, 수지문학회, 한국바다문인협회 회원 • 동인지 "내 허락없인 아프지도마" 외 현재 20집 출간	웃음꽃	148
4. 권혜정	• 포항 출생 • 글벗문학회 회원 • 구미1대학교 전자계산학과 졸업 • 평생교육원 사회복지학과 수료 • 인카금융서비스 제무설계 보험상담사로 근무중	국화 예찬	150

작가명	약력	작품명	수록면
6. 김고은향	• 한국문협 회원 • 한국불교문인협회회원 • 저서 『거울 속으로』, 『우리가 사랑하는 것들』, 『잠시 뒤돌아 보며』 등 • 현) 동두천시청 근무 • 현) 서정대학교 겸임교수	마음	152
7. 김상우	• 제주 팔코스한라봉 대표 • 글벗문학회 회원	억새꽃	154
8. 김석이	• 부산 출생 • 2012년 매일신문 신춘문예 시조 부문으로 등단, 천강문학상, 중앙시조 신인상 등을 수상 • 시조집으로 『비브라토』, 『블루문』, 『소리꺾꽂이』, 『심금의 현을 뜯을 때 별빛은 차오르고』, 『빗방울 기차여행』 등 5권 출간	들꽃	156
9. 김석표	• 2006년 계간 [한맥문학] 신인상 수상 등단 • 사)한국문인협회 회원 • 계간 [한맥문학] 회원 • 연천문인협회 회장(현) • 경기문학상 공로상 수상 • 우주시 낭송회 회원	붉은 장미	158
10. 김순희	• 강원도 봉평 출생 • 계간 한국작가 시부문 신인상 등단 • 사)한국문인협회 회원, 시 낭송가 • 한국 낭송 문학상 수상 • 전국 평화통일 기원 낭송대회 수상 • 2024한탄강백일장삼행시 쓰기 수상	장미 사랑	160

작가명	약력	작품명	수록면
11. 김정현	• 대구 거주 • 글벗문학회 회원 • 종합문예유성 글로벌문예대학교 문예창작과 졸업 • 종합문예유성글로벌문인협회 회원	호접란	162
12. 김종구	• 연천문인협회 회원 • 광성 설비 대표 • 한국시낭송가협회 회원 • 한국시낭송가협회 주최 전국성인시낭송대회 수상	빨랫줄	164
13. 김진일	• 사)한국문인협회 회원 • 미수서예대전 장려상 등 • 개인전 및 그룹전 10여회 • 시집 『푸른 산 다 한곳에 그리운모습 아득한데』 『높은산 바위에 앉아 흐르는 구름 본다』 『나무나무 꽃되었는데 나홀로 늙었구나.』	인생은 구름같이	166
14. 김태용	• 참좋은행정사무소 대표행정사 • 종자와시인박물관 운영위원	국화의 꿈	168
15. 민경민	• 연천문인협회 회원 • 아침해협동조합 및 DMZ마을여행사 회원 • 시집 『거목나무에 하얀 비둘기 집』 (2008년)	백설이의 친구들	170

작가명	약력	작품명	수록면
16. 박은선	● 시인 · 수필가 · 시낭송가,국제펜한국본부 · 현대시인협회 · 한국문인협회회원,제18회황진이문학상대상,보령자작시낭송대회대상,포트리롬 싱글앨범 뗏꾼의노래 · 홍매화 작사 참여, ● *시집『바다의 달을 만나기전』『바다만 아는 비밀』『갈비뼈에 부는 청초한바람』외 다수	국화에 대한 소고	172
17. 박재순	● 연천문인협회 회원	호박꽃	174
18. 박하경	● 1961년 보성 출생, 호: 秀重 ● 한국문인협회 회원. 한국 ● 소설가협회 회원 / 세계모던포엠작가회 회원 / 광주문인협회 회원 ● 한국문학예술인협회 부회장 ● 시인(국제문학바탕), 수필가(월간모던포엠), 소설가(월간문학)	한탄강	176
19. 백용태	● 경북 상주 출생 ● 인쇄업 은퇴 ● 동작 구민 백일장(2회)수상 ● 글벗 문학회 정회원 ● 현 연천(청산)거주 ● 2024한탄강백일장 삼행시 쓰기 대상	시화전	178
20. 송마루	● 사)한국문인협회 회원 ● 연천문인협회 사무국장(전) ● 연천갤러리 설치기획전 ● 서양화 31인 기획전	시동	180

작가명	약력	작품명	수록면
21. 송미옥	• 제주 거주 • 계간 글벗 신인문학상 수상 시 부문 등단 • 제주도 북카페 책갈피 속 풍경 • 시집 『자연을 담다』 『돌담』	란타나 사랑	182
22. 신광순	• 시인, 수필가 • 기호문학 발행인, 종자와시인박물관 관장 • 제8회 흙의문학상 수상 • 시집 『코스모스를 찾아서』 『모든 게 거기 그대로 있었다』, 『하늘을 위하여』, 『땅을 위하여』, 산문집 『불효자』, 『생일 축하합니다.』, 『사람은 죽어서 기저귀를 남긴다』, 『잃어버린 용서를 찾아서』, 『백지고백성사』 등	호미	184
23. 신순희	• 2016 민주문학등단. 시 부문 • 민주문학 계간지 공저 • 2018청옥문학 시조 부문 등단 • 청옥문학 계간지 공저 • 시집 『풍경이 있는 자리』	가을 아씨	186
24. 심재황	• 언어학 박사, 전)중앙대, 가천대, 경기대, 아신대 외래교수 현)세계사이버대 실용영어학과 겸임교수 • 계간지 국제문학 시 부문 등단 • 시집 『그곳을 지나가면서』 『한국문학 대표선집: 싱그러운 계절』 『첫 계절의 색깔』 『지난 계절에 들은 이야기』	가을 걸음	188
25. 우정옥	• 국제대학교 사회복지학과 졸업 • 방송통신대학교 국어국문학과 3학년 재학 중 • 문예춘추 시, 수필 신인상 등단 • 문예춘추 부회장 • 신석정문학상 수상(시), 금제문학상 금상 수상(수필) 시집 - 『생명의 눈을 뜨다』	국화축제장	190

작가명	약력	작품명	수록면
26. 원대식	• (전)연천군청 공무원 • 연1000천자문 창안자	당포성 별빛축제	192
27. 윤소영	• 제주도 거주 • 종합문예 유성 시 부문 등단 • *글벗문학회 정회원 • 시집 『눈물로 쓰는 삶』외 6권 발간	물망초 사랑	194
28. 이내빈	• 「시사문단」 등단 • 남원교육문화관 관장 역임 • 제20회 공무원연금문학상 은상 • 전북문협, 신아문예작가회. 표현문학, 유연문학, 월천문학, 연천문인협회 회원 · 시집 「개망초 너는 왜 그리 화려한가」 「풀잎은 누워서도 흔들린다」 「그녀의 속눈썹」	국화 향기	196
29. 이대겸	• 사) 대한문인협회 시 그리움 등단 • 사)종합문예유성 창단 위원 • 사) 종합문예유성 대구지부회장 • 국자감문학 시부분 최우수상 • 집현전문학 시부분 대상	시에 젖다	198
30. 이도영	• 좋은문학 창작예술인협회 시, 수필, 동시 등단 • 좋은문학 창작예술인협회 작가상 수시 부문 창작예술문학대상 수상 • 좋은문학창작예술인협회 회장 • 글벗문학회 회원 • 시집 『은혜속에 피어난 꽃』 외 8권	국화향기	190

작가명	약력	작품명	수록면
31. 이명주	• 계간 글벗 시조부문 등단 • 글벗문학회 정회원 • 제12회 글벗백일장 최우수상 수상 • 시집 『내 가슴에 핀 꽃』, 『커피 한 잔 할까요』, 『아, 가을이다. 그대가 그리운』, 『너에게로 가는 길』	꽃빛 그리움	190
32. 이병조	• 계간 〔한국작가〕 시 부문 등단 • 연천문인협회 회원	연천역 물탱크	192
33. 이숙자	• 2019 《수필과 비평》 등단, 2021 《파주문학》 현대시조 등단 • 김포문학상 우수상, 파주문학 신인상, 수필과 비평 회원 • 사)한국시조시인협회 회원, 여성시조문학회 이사, 파주문인협회 이사.	국화, 저 아리따운	194
34. 이순옥	• 2004년 월간 모던포엠 시부문 등단 • 한국문인협회, 세계모던포엠작가회 회원, 全人文學, 경기광주문인협회, 백제문학, 착각의시학, 글벗문학회 회원 • 월간모던포엠 경기지회장 • 제3회 잡지협회 수기공모 동상수상, 제 1회 매헌문학상 본상수상 • 제12회 모던포엠 문학상, 착각의시학 한국창작문학상 대상 수상 • 저서 월영가, 하월가, 상월가	흘리다- 연천 유엔군 화자터에서	196
35. 이양희	• 경기도 고양시 거주 • 글벗문학회 회원 • 제1회 한탄강전국백일장 수필부문 우수상 수상 • 꼼지락캘리, 엽서 캘리, • Yanghee's 캘리로 활동 중	가을꽃	198

작가명	약력	작품명	수록면
36. 이재성	• 사)한국문인협회 회원 • 사)한국시인연대 회원 • 한맥동인회 자문 • 연천문인협회 회원 • 조양농원(棗羊農園) 경영	알밤	212
37. 이정선	• 문학의 숲 발행인겸대표 • 2024.5.13., 전주KBS 투데이 문학의 숲 시인의 거울 방영 • 완주문인협회 회원 • 전북문협회원 • 전주문인협회 이사	간당간당한 그녀	202
38. 이종갑	• 경기도 곤지암 거주 • 글벗문학회 회원 • 봉선화 식품 대표 • 평생 소금 장사 50년 • 봉선화길 조성(우리 꽃 지키미 활동) • 대장암 말기 47회 항암 극복	봉선화 사랑	204
39. 이종덕	• 경기도 양주시 거주 • 청일문학 시 부문 등단 • 글벗문학회 회원	참나리꽃	206
40. 임경숙	• 서울 강서구 거주 • 서울문예대학교 재학 중 • 글벗문학회 회원 • 제25회 계간글벗 신인문학상 수상 등단	국화꽃 향기	208

작가명	약력	작품명	수록면
41. 임재화	● (사)대한문인협회, 글벗문학회정회원, 대한문인협회 저작권옹호위원회위원장, 글벗문학회 수석부회장, 한국가곡작사가협회 이사 ● 한국문학공로상수상, 베스트셀러작가상 2회 수상, 한국문학예술인 금상수상 ● 저서 『대숲에서』 『들국화연가』 『그대의 향기』	국화 예찬	210
42. 임효숙	● 현재 서울시 강서구 거주 ● 글벗문학회 정회원 ● 글벗문학회 시화전 출품 ● 은가람시낭송회 정회원 ● 시집 『글이 나의 벗 되다』	가을길	212
43. 장기숙	● 2003년 《 열린시학》 시조, 2020년 수필 등단, ● 한국문인협회 월간문학상, 한국시조시인협회 작품상, 한용운문학상, 열린시학상, 한국여성시조문학상 *[저서] 『널문리의 봄』 현 대시조100인선 『물푸레나무』 『삐죽구두 할멈』 외 다수	들국화 송이송이	214
44. 전해룡	● 연천문인협회 회원 ● 한원그래픽스 CEO	두 번째 봄	216
45. 전현하	● 충북 옥천 출생 ● 한국문인협회, 한국시조시인협회 회원 ● 현대시조동인문학회 부회장, 군포문협 지부장 역임, 현대시조사 편집인 ● 1987현대시조신인문학상 신인상 당선 ● 1988 시조문학 추천완료, 현대시조문학상, 군포문학상 수상 ● 저서 『창가에 머문 달빛』, 『계절이 남긴 지문』	소국 앞에서	218

작가명	약력	작품명	수록면
46. 정명재	• 시인 • 연천문인협회 부회장(전) • 경희한의원 원장	폭포의 희망	220
47. 조경애	• 계간 한국작가 수필부문 신인상 등단 • 사)한국문인협회 회원(현) • 연천문인협회 감사(현)	무궁화꽃이 피었습니다	222
48. 조금주	• 문학박사 • 월간 국보문학 시 부문 신인상 수상 등단 • 한국국보문인협회 시 분과 이사, 글벗문학회 회원 • 예담 요양원 대표 • 시집 『어머니 당신은 꽃』	엄마꽃	236
49. 조남권	• 연천문인협회 회원 • 아이비엔지니어링 전무	가을	226
50. 조인형	• 문예춘추 시 등단 • 문예춘추 이사, 글벗문학회 회원 • 한국문인협회 회원 • (사) 한국육필문회보존회 제1회 프레데이크 문학상 수상 • 시집 『73세의 여드름』, 『영혼의 소릿결』, 『마음에 피는 꽃』	국화의 향기	228

작가명	약력	작품명	수록면
51. 조태원	• 대한문인협회 수필 부문 등단작가 *(현)서울시 소재 초등학교 교사 • 성균관대학교 교육학박사 • 글벗문학회 회원 • 저서 여행 에세이 『유년으로의 여행 (경기도 연천 편)	코스모스	230
52. 조현상	• 경기 연천출생. • 2004년《책과 인생》 수필 등단, 2009년《조선문학》시 등단, 2016년《시조시학》시조 등단, 2016 중앙일보시조백일장 입상, 2021 도봉문학상, 2022 한탄강문학상 금상 수상. • 저서 : 시집『명주솜 봄햇살』. 수필집『세월』, 시조집 『송화松花, 붓끝에 피다』 시조집 『삼팔선 빗소리』	가을 붓질	232
53. 최봉희	• 시조문학 등단, 문예사조 수필 등단 • 한국문인협회, 국제펜클럽 회원 • 계간 글벗 편집주간, 글벗문학회 회장 • 제30회 샘터시조상 수상(월간 샘터) • 종자와시인박물관 시비 공원 「사랑꽃」 건립(2018) • 저서 시조집『사랑꽃1,2,3권』, 『꽃 따라 풀잎 따라』, 『산에 들에 피는 우리꽃 1~3권』, 수필집『사랑은 동사다』, 『봉주리 선생』	사랑고백 호박꽃	234 236
54. 최성용	• 문학의 숲 고문 • 국가유공자 • 통일 정책연구회 회장	이파리	238
55. 최인섭	• 2012년 한국작가로 등단 • 사)한국문인협회 회원 • 연천문인협회 회장(전) • 경기문인협회 감사 • 「한국작가」 동인지 경기북부회장 • 시집〈팽이는 돌아야 산다.〉 • 공저 - 「한국작가」 동인 사화집(전 5권)	국화향을 마시며	240

참여 작가 명단 _443

작가명	약력	작품명	수록면
56. 최정식	• 전북 정읍 태인 출생 • 전주대 국어국문학과 졸업 • 육군대학, 전남대행정대학원졸업 • 글벗문학회 회원 • 계간 글벗 수필 신인문학상 수상 등단 • 수필집 『바보 아빠』	라벤더의 꿈 국화열차 타러 가는 날	242 244

4. 2024글벗문학회 시화전 참가자 명단

작가명		작품명	수록면
1. 김의순	• 한국수필로 등단, 한국문인협회, 한국수필가 협회, 국제 펜클럽 한국본부, 가톨릭문인협회, 인천문인협회 회원, 인천중국예술인협회, 한국수필추천작가회 이사. • * 저서 수필집『학이 연출하는 내 작은 전설』, 『아버지의 치마』, 『아직도 그곳에는』, 『운명에 공식이 있을까』, 『나팔꽃 연정』, 『추억은 아름다운가』	봄	262
2. 김인수	• 대한문학세계 시 부문 등단 • 대한문인협회 회원 • 글벗문학회 회원 • 안산문인협회 회원 • 이미화 플라워 운영	가을에 떠난 여행	264
3. 김재기	• 경기도 연천군 거주 • 글벗문학회 회원 • 종자와시인박물관 관리부장	오는 춘이 가는 동이 인생	266 268
4. 김정숙	• 현대시선 등단 • 한국 강사은행 정교수.부총재, 대한치매협회 강남지부장, 대한민국 지식포럼 이사 역임, 도전한국인 소통지도자 복지사, 웃음치료사 • 저서 : 치매예방교육 길라잡이 • 공저 : 벼랑까에 핀 꽃(시집)	나도 꽃이 되고 싶다	270
5. 김정숙	• 경기도 파주 거주 • 유치원 원장	메리골드꽃	272

작가명	약력	작품명	수록면
6. 김주식	• 경기도 용인 거주 • 글벗문학회 회원	친구	274
7. 박미숙	• 강원도 춘천 거주 • 현대계간 수필부문 신인문학상 등단(2023년) • 남부복지관 글누리문학회, 글벗문학회, 시모작 문학회 회원 • 2023 제 31회 박인환 전국 백일장 차상 당선	단비 방황	276 278
8. 박하경	• 1961년 보성 출생, 호: 秀重 • 한국문인협회 회원. 한국 • 소설가협회 회원 / 세계모던포엠작가회 회원 / 광주문인협회 회원 • 한국문학예술인협회 부회장 • 시인(국제문학바탕), 수필가(월간모던포엠), 소설가(월간문학)	벚꽃 파티	280
9. 백용태	• 경북 상주 출생 • 인쇄업 은퇴 • 동작 구민 백일장(2회)수상 • 글벗 문학회 정회원 • 현 연천(청산)거주 • 2024한탄강백일장 삼행시 쓰기 대상	께님독도	282
10. 성의순	• 2012년 서울문학 가을호 신인상 수상 수필 등단 • 글벗문학회 회원 • 성균관 부관장, 우계문화재단 이사 • 제8회 글벗백일장 우수상 수상 • 저서 시집 『열두 띠 동물 이야기』 공저 『다시 돌아온 텃새의 이야기』	95세 할머니의 선물 / 봄 오색실 가래떡 선물 한궁으로 찾아뵙고 싶은 어머니	284 286 288 290 292

작가명	약력	작품명	수록면
11. 송미옥	• *제주 거주 • *계간 글벗 신인문학상 수상 시부문 등단 • 제주도 북카페 책갈피 속 풍경 • 시집 『자연을 담다』 『돌담』	겨울꽃	292
12. 신광순	• 기호문학 발행인, 종자와시인박물관 관장 • 제8회 흙의문학상 수상 • 시집 『코스모스를 찾아서』 『모든 게 거기 그대로 있었다』, 『하늘을 위하여』, 『땅을 위하여』, 산문집 『불효자』, 『생일 축하합니다』, 『사람은 죽어서 기저귀를 남긴다』, 『잃어버린 용서를 찾아서』, 『백지고 백성사』 등	민들레꽃씨가 길 떠나면서 멋만 알고 맛을 모른 세월 한탄강에 숨어 있는 증오의 잔재	294 296 298
13. 신복록	• 계간글벗 2020년 여름호 시조 등단 • 글벗문학회 정회원 • 글벗백일장 장려상 3회 수상 • 현대문학회, 세계예술연합회 공동주최 감성 문학 최우수상 수상 • 첫시집 『그녀에게 가는 길』, 『그리움을 안고 산다』, 『추억의 언저리에서 웃고 있다』	웃음꽃	300
14. 신순희	• 2016 민주문학등단. 시 부문 • 민주문학 계간지 공저 • 2018청옥문학 시조 부문 등단 • 청옥문학 계간지 공저 • 시집 『풍경이 있는 자리』	곱게 다가온 봄 꽃터 무엇이 행복인가 성냥개비 주상절리	302 304 306 308 310
15. 심재황	• 언어학 박사, 전)중앙대, 가천대, 경기대, 아신대 외래교수 현)세계사이버대 실용영어학과 겸임교수 • 계간지 국제문학 시 부문 등단 • 시집 『그곳을 지나가면서』 『한국문학 대표선집: 싱그러운 계절』 『첫 계절의 색깔』 『지난 계절에 들은 이야기』	아쉬운 하루 피어나는 튤립	312 314

작가명	약력	작품명	수록면
16. 양영순	• 인천광역시 거주 • 계간글벗 시부문 신인상 등단 • 글벗문학회 회원 제1시집 2022년 꽃이 피는 날 제2시집 2023 나를 위로하는 시어 • 제27회 윤동주 별 문학상 제57회 코벤트문학상 대상	민들레	316
17. 윤소영	• 제주도 거주 • 종합문예 유성 시 부문 등단 • 글벗문학회 정회원 • 시집 『눈물로 사는 삶』, 『곶자왈 숲길』, 『제주에 뜨는 달』, 『글꽃으로 핀 사랑』	시계꽃 그대 찾아가는 길 들꽃 향기 물망초 사랑 봄날의 행복 연천의 한마당 인연의 꽃	318 320 322 324 326 328 330
18. 윤수자	• 월간 〈순수문학〉 시 부분 등단 • 시집 『인연의 향기』	사계의 우편함 시월의 낙엽처럼	332 334
19. 이남섭	• 강원 양구 출생 • 글벗문학회 회원 • 한국문인협회 회원 • 마음의 행간 회원 • 양천문인협회 부회장 역임 • 시집 『빨간뱀』'	구석	336
20. 이대겸	• 사) 대한문인협회 시 그리움 등단 • 사)종합문예유성 창단 위원 • 사) 종합문예유성 대구지부회장 • 국자감문학 시부분 최우수상 • 집현전문학 시부분 대상	바다 산딸기 어머니의 향기	338 340 342

작가명	약력	작품명	수록면
21. 이도영	• 좋은문학 창작예술인협회 시, 수필, 동시 등단 • 좋은문학 창작예술인협회 작가상 수시 부문 창작예술문학대상 수상 • 좋은문학창작예술인협회 회장 • 글벗문학회 회원 • 시집 『은혜속에 피어난 꽃』 외 8권	첫눈이 오면	344
22. 이명주	• 계간 글벗 시조부문 등단 • 글벗문학회 정회원 • 제12회 글벗백일장 최우수상 수상 • 시집 『내 가슴에 핀 꽃』, 『커피 한 잔 할까요』, 『아, 가을이다. 그대가 그리운』, 『너에게로 가는 길』	눈길을 따라 그대 그리고 나 씨앗의 꿈 아이스커피	346 348 350 352
23. 이서연	• 한국문인협회, 글벗문학회 회원 • 한국문협 제27대 70년사 편찬위원 • 지구문학 감사, 담쟁이문학회 부회장, 현대 계간문학 운영 이사, 작가회 부회장, 시마을 문학 고문과 자문위원 • 제9회 글벗문학상 수상, 제27회 전국 예술대회 대상 • 시집 『꼬마 선생님』, 『그래서 더 아름답다』, 『옥색 치마』	산다는 것	354
24. 이순옥	• 2004년 월간 모던포엠 시부문 등단 • 한국문인협회, 세계모던포엠작가회 회원, 全人文學, 경기광주문인협회, 백제문학, 착각의 시학, 글벗문학회 회원 • 월간모던포엠 경기지회장 • 제3회 잡지협회 수기공모 동상수상, 제 1회 매헌문학상 본상수상 • 제12회 모던포엠 문학상. 착각의시학 한국창작문학상 대상 수상 • 저서 월영가, 하월가, 상월가	개기일식 유혹	356 358
25. 이양희	• 경기도 고양시 거주 • 글벗문학회 회원 • 제1회 한탄강전국백일장 수필부문 우수상 수상 • 꼼지락캘리, 엽서 캘리, • Yanghee's 캘리로 활동 중	나의 기도 엄마 여보 당신	360 362 364

작가명	약력	작품명	수록면
26. 이연홍	• 2019년 계간 글벗 시 신인상 수상 • 강원문인협회 회원 • 양구청춘문학 회원 • 한국시낭송회 양구지회 • 시집 『모정』, 『달빛 속에 비친 당신』	물의 교훈	366
27. 이종덕	• 경기도 양주시 거주 • 청일문학 시 부문 등단 • 글벗문학회 회원	꽃비 능소화 피는 계절 망초꽃 필 때면 웃음꽃 하나	368 370 372 374
28. 이지아	• 대구 거주 • 시인, 작사가, 가수 • 종합문예 유성 시, 동시 등단 • 글벗문학회 회원 • 시집 『첫느낌』, 『오봉산 아가씨』	가을 연서 낙엽 편지 책장을 넘기며	376 378 380
29. 임경숙	• 서울 강서구 거주 • 서울문화예술대학교 재학 중 • 글벗문학회 회원 • 제25회 계간글벗 신인문학상 수상 등단	그리움(1) 나이 해당화가 피는 날	382 384 386
30. 임석순	• 대한문인협회 대전충청지회 정회원 • 〈수상〉코벤트가든문학상 대상 • 김해일보 영상시신춘문예 전체대상 • 대한문협 한국문학 올해의 작품상 • 대한문협 한국문학 올해의 시인상 • 〈시집〉 "계수나무에 핀 련꽃"	흐르는 강물처럼	388

작가명	약력	작품명	수록면
31. 임재화	• (사)대한문인협회, 글벗문학회정회원, 대한문인협회 저작권옹호위원회위원장, 글벗문학회 수석부회장, 한국가곡작사가협회 이사 • 한국문학공로상수상, 베스트셀러작가상 2회 수상, 한국문학예술인 금상수상 • 저서 『대숲에서』 『들국화연가』 『그대의 향기』	부부의 정 운문사	390 392
32. 임효숙	• 현재 서울시 강서구 거주 • 글벗문학회 정회원 • 글벗문학회 시화전 출품 • 은가람시낭송회 정회원 • 시집 『글이 나의 벗 되다』	메모 바닷가 쑥부쟁이	394 396
48. 조금주	• 문학박사 • 월간 국보문학 시 부문 신인상 수상 등단 • 한국국보문인협회 시 분과 이사, 글벗문학회 회원 • 예담 요양원 대표 • 시집 『어머니 당신은 꽃』	봄 마중	398
33. 조인형	• 문예춘추 시 등단 • 문예춘추 이사, 글벗문학회 회원 • 한국문인협회 회원 • (사) 한국육필문회보존회 제1회 프레데이크 문학상 수상 • 시집 『73세의 여드름』, 『영혼의 소릿결』, 『마음에 피는 꽃』	돛단배 타고 인조꽃이면 어때 한탄강아 영원하라	400 402 404
34. 차상일	• 전남 장성출생 • 단국대학교 졸업. • 글벗문학회 회원 • (주)한국금속 운영. • 플러스주식회사 운영.	피리부는 사나이 봄비 4월의 설레임	406 408 410

작가명	약력	작품명	수록면
35. 최봉희	• 시조문학 등단, 문예사조 수필 등단 • 한국문인협회, 국제펜클럽 회원 • 계간 글벗 편집주간, 글벗문학회 회장 • 제30회 샘터시조상 수상(월간 샘터) • 종자와시인박물관 시비공원 「사랑꽃」 건 • 시조집 『사랑꽃1,2,3권』, 『꽃따라 풀잎 따라』, 『산에 들에 피는 우리꽃』, 수필집 『사랑은 동사다』, 『봉주리 선생』	금낭화 동행	412 414
36. 허정아	• 캘리그라피 프리랜서 • 한국서예협회 회원 • 한국문인협회, 글벗문학회 회원 • 문학고을 신인문학상 시부분 등단 • 저서 시집 『꽃으로 피는 시간』 시집 『감성을 두드리다』 에세이 『나는 뻔뻔하게 살기로 했다』	저녁노을2	416
37. 황규출	• 경남대 국어국문학과 졸업 • ROTC 25기 임관 육군 소령 예편 • 현대시선 시부분 신인상 등단 • 글벗문학회 회원 • 현대시선 베스트 장원 수상 • 열린동해문학 작가문학상 수상	눈깜짝새	418

■글벗시선 220 2024글벗시화전 작품집

한탄강의 침묵

인 쇄 일   2024년 12월 31일
발 행 일   2024년 12월 31일
지 은 이   신 광 순 외
펴 낸 이   한 주 희
펴 낸 곳   도서출판 글벗
출판등록   2007. 10. 29(제406-2007-100호)
주   소   경기도 파주시 와석순환로 16, 905동 1104호
           (야당동, 롯데캐슬파크타운)
홈페이지   http://guelbut.co.kr
           http://cafe.daum.net/geulbutsarang
E - mail   pajuhumanbook@hanmail.net
전화번호   010-2442-1466
팩   스   031-957-7319
정   가   20,000원
ISBN 978-89-6533-290-9 04810